김하예라 제 3 수필집

열 려 라   창 문

김하예라 지음

작가의 말

내가 글쓰기에 매달렸던 이유는, 나의 마음과 나의 바람을 톺아보고, 고민하고 불필요한 감정을 해소하고 싶어서였다. 살아오면서 아팠던 이야기, 제대로 마주하지 못하고 한 번도 얘기해보지 못한 이야기들….

기분 좋은 일은 흔쾌히 나눌 수 있지만, 그렇지 않은 일은 가까운 사람에게조차 도저히 털어놓을 수 없었다. 말할 수 없는 이야기와 설명할 수 없는, 마음들을 자신도 어찌할 수 없을 때면, 컴퓨터를 열었다. 그리고 쓰지 않으면 견딜 수 없는 마음으로 썼다

영화 <인사이드 아웃>에서처럼 나도 아홉 감정 (기쁨, 슬픔, 버럭, 까칠, 소심, 불안, 당황, 따분, 부러움)과 소동을 벌이고 받아들이느라, 매일의 기록은 시시했다. 하지만, 그렇게 쏟아낸 말들을 내 방식대로 매듭지어 필요한, 누군가 읽어주길 바라며 책을 엮었다.

영화, '건지 감자껍질 파이 북클럽'에서 서점에 간 작가는, '책에도 귀소본능이 있어서 그 책을 좋아하는 사람에게로 간다'라고 했다. 내가 쓴 책도 귀소본능이 있어서 어울리는 독자를 찾아가길 바란다.

나의 세 번째 수필집 『열려라 창문』이 엮어지기까지 기꺼운 도움과 응원으로 힘을 실어준 가족에게 먼저 사랑을 전한다. 특히, 글이 잘 안 풀릴 때면, 남편에게 까칠하게 굴거나 버럭 성질을 내곤 해서 미안하다. 또 따뜻한 밥상 한 번 제대로 차려주지 않아도 싫은 내색 한 번 하지 않고 나를 배려해준 가족이 그저 고맙다.

소설가 김헌일 선생님께도 감사 인사를 드린다. 함께 글을 쓰고 이야기를 나누는 가까운 문우처럼, 때로는 문창과 교수처럼 적잖은 도움을 주셨다. 프로필 사진 촬영에 수고해 주신 김용택 작가님, 격려와 지원을 아끼지 않으셨던 어린이집 원장님과 교사들, 그리고 사색공간 동일성 대표님께 깊은 감사의 마음을 전한다.

2024년 온 세상이 이글거리는 팔월에

김하예라

| 차례 |

2부 달까지 가자

3부 저 구름

4부 눈 맞춤

| 추천서 |

삶을 향한 긍정적 에너지 | 김헌일

제1부

묵은 시간에 젖어 보다

가을엔 편지를 하겠어요

　편지에는 사랑이 넘친다. 오늘도 변함없이 서 있는 우체통을 보았다. 기다림이 시작되는 빛깔, 그 빨간 색깔이 가을과 참 잘 어울렸다. 전화 한 통 걸려면 줄을 서서 기다렸고, 편지를 써서 우체통에 넣고선 몇 날 며칠 답장을 기다리던 시절이 있었다. 그런데 세상이 바뀌고 편리함을 추구해 오면서 기다리는 법을 잊게 했다. 현실은 내 안의 설렘과 상상력까지 줄어들게 했지만, 그리움 자체가 행복이라는 사실을 나는 간직한다. 부치지 못하고 곱게 접어 둔 편지를.

　그리운 아버지!
　억새는 은빛으로 태어나고 하늘은 짙푸르기만 해요. 따가운 햇살에 눈이 시려 감았다 떴다 하면서 지난밤 꿈속을 꺼내 봅니다. 아버지는 분명 이 세상에 안 계시는데 저는 아버지를 뵀어요. 반가움에 목청 높여 불렀지만, 그냥 지나치시더군요.
　저는 당신의 외동딸로 사랑을 한 몸에 받으면서도, 자주 떼를 쓰고 신경질을 냈어요. 결혼해서도 저의 까칠한 성격은 여전했고요. 아버지가 곁에 계시는 동안

만 해도 이런저런 사소한 감정을 담은, 편지 한 번 전해드리지 못했으니 그저 후회됩니다.

지난 주말에는 초등학교 동문 체육대회가 있어 고향을 찾았어요. 친구들과 단체 줄넘기할 때였어요. 빙글빙글 돌아가는 줄에 눈길을 주면서, 겨우 두세 번 폴짝였는데 앞의 친구와, 동시에 나자빠지면서 발목을 삐끗했어요. 욱신거리는 통증이 스멀스멀 피어올랐지만, 눈물이 나지 않은 것은 아버지가 떠올랐기 때문이에요.

어릴 적 가을 운동회 날도 오늘 같은 분위기였어요. 드넓은 하늘을 펼쳐놓은 운동장에서 부모님들은 청백으로 나뉘어 공차기를 하셨어요. 당시 50대 초반의 아버지는 '젊을 때처럼 몸이 말을 듣지 않아.'라고 하셨어요. 저는 단풍이 물드는 나무 아래로 자리를 옮겨 앉았어요. 다친 발을 들여다보며 그 느릿한 시간의 간격들 사이로 아버지가 하신 말씀을 천천히 읊었어요.

또 제가 어렸을 때 팔이 두 번이나 골절되는 일이 있었지요. 저를 업고 접골원에 가셨다 돌아오는 길은 어느새 밤이었고 아버지 등은 한없이 따뜻하고 편안했어요. 그 온기와 함께 북두칠성을 찾던 일까지 참 좋았어요. 사금파리를 뿌려놓은 듯 수많은 별을 헤아리

느라 평상에 누워서 별 무더기를 이불 삼아 깜빡 잠들
기도 했었지요. 온통 그 시절 생각에 빠져 있을 때, 학
교 가까이 사는 친구가 미제 파스를 갖고 왔어요. 발
목에 붙인 파스가 꼭 아버지 등 같았어요.

고속버스 막차를 놓치고 서울역에서 열차를 타고 내
려오는 밤길, 50년 전의 하늘을 만나보고 싶었어요. 어
느 산등성이에 걸려 있을 초승달은, 누군가의 눈 시린
그리움이 되어 적막을 돋우네요. 다만 역사마다 어둠
을 밀어내는 전등 불빛이 그때 보았던 별빛을 대신했
어요. 이젠, 그 시절로 돌아갈 수 없지만, 제 가슴에
행복하고 가장 아름다운 그림 한 장으로 남아 있었다
는 것을 상기해봅니다.

어느새 저도 예순네 번째 가을을 맞이했어요. 요즘
들어 이 가을이 아버지 살아계실 때처럼 마냥 좋지만
은 않다는 생각이에요. 덥지만 그래도 여름이 햇살도
길고 찬란해서 좋거든요. 얼마 전까지 화창했던 날씨
가 갑자기 스산해졌어요. 많은 것이 떠나고 깊어가는
가을날에 이런저런 상념에 빠져봅니다. 올해는 이 계
절이 유난히 어설프고 허전하고 그래요. 퍼즐 조각처
럼 나뒹구는 생각들이 물안개처럼 피어오르면 절정으
로 치닫는 단풍이 옷깃을 여미게 해요.

발 빠른 나무는 벌써 후드득 잎을 떨구는 걸 보면, 키 작은 것들에게 하늘을 보여주기 위해선가 봐요. 간밤 꿈길에서처럼 아버지도 그리움의 빛으로 나타나 주시길 기다려 볼게요. 기다림이 없는 인생은 지루할 거라는 어느 시인의 시구절이 생각나요. 그래서 아무도 그립지 않을 무렵까지 숨죽여 기다려 보려고요.

아버지 사랑합니다. 늘 그랬듯이 언제나 저를 응원해 주세요.

2022년 시월의 마지막 날 외동딸 드림.

그 아이

가슴 속에 문득 떠오르는 한 아이가 있다. 예닐곱쯤 되어 보였다. 마음속에 연못의 물처럼 고여 있던 그 애는 잔뜩 불안해하는 두 눈에 금방이라도 울음을 터뜨릴 것 같았다. 꼬마는 한참 맴을 돌더니 세찬 바람을 가슴에 안으며 어딘가로 달려갔다.

통금이 해제되기 전인 80년대 초, 나는 마포구 아현동에서 자취를 했다. 걸어서 십 분도 채 안 되는 거리의 직장에 다녔다. 바로 옆에는 마포 경찰서가 있었다. 큰길 건너편에는 그 시절의 랜드마크라 할 수 있는 가든 호텔이 있다.

하루는, 퇴근 후 직장동료들 몇몇이 여의도로 놀러 갔다. 여의도는 휘황찬란했다. 우리는 한강 변이 바라다 보이는 거리에서 꿈과 열정을 출렁였다. 시간 가는 줄 모르고 깔깔대다 누가 먼저랄 것 없이 일어섰다.

간신히 막차(버스)를 탔다. 얼마 후 안내양이 외쳤다. 마포경찰서 앞에 정차할 거라며 몇 안 되는 승객들을 둘러보았다. 내가 내릴 거라고 하자 안내양이 어린아이와 함께 다가왔다. "부탁 좀 할게요." "네?" "얘가 분명히 할머니랑 같이 탔는데 꼬마만 남겨졌어요.

- 13 -

어디 사는지 모른다고 해요. 애를 경찰서에 좀 데려다 주세요.” 자기들이 해야 할 일이지만 통행금지 시간에 임박하다 보니, 갈 길이 바빠서라며 거듭 부탁이다.

나는 그 정도쯤이야 하고 기꺼이 승낙했다. 아이와 함께 횡단보도를 건너 경찰서 앞에 도착했다. 희미한 가로등 불빛이 경찰서 담벼락을 비추고 있다. 약간 이가 맞지 않는 알루미늄 새시 출입문을 밀고 들어섰다. 남자 경찰 세 명이 둘러앉아 이야기를 나누고 있었다. 아직 술에 취해 고성을 질러대는 이 하나 없이 조용하다. 폭풍전야처럼, 통금이 넘지 않았음을 분위기가 말해주고 있었다.

미니스커트 정장 차림에, 하이힐을 신은 내가 꼬마와 함께 들어서자, 여섯 개의 눈동자들이 일시에 내게로 쏟아졌다. “무슨 일로 오셨죠?” 한 명의 경찰관이 엉거주춤 자리에서 일어나 묻는다. 그의 목소리에서 ‘또 골치 아픈 일이 생겼군.’ 하는 기색이 역력했다. 나는 소녀를 데리고 오게 된 경위를 간단하게 말했다. 그러자 사복 차림이던 그들 중 한 명이 이렇게 말했다. “여기는 남자들뿐인데다 방도 하나밖에 없어서요. 더군다나 여자아이잖아요. 미안하지만 아가씨가 데리고 가서 재우고 내일 아침에 다시 들러주세요.”

이제 겨우 예닐곱 살밖에 되지 않은 꼬맹이를 두고 성별의 잣대를 들이대는 수작이 기가 막혔다. 하지만 아무것도 모르는 애를 중간에 두고 가타부타 따질 일이 아니었다. 낚아채듯 아이 손을 잡고 경찰서를 나섰다. 다행스럽게도 아이는 엄마나 할머니를 찾으며 울지 않았다. 하긴 진즉에 울음이라도 빵 터뜨렸으면 내게 맡겨지지도 않았을 일이다.

　터덜터덜 자취방으로 돌아왔다. 옆방에는, 투자신탁에 근무하는 아저씨네 가족이, 나처럼 세 들어 살고 있다. 수돗가로 가서 아이를 씻겼다. 인기척에 잠이 깬 아주머니가 방문을 빼꼼 열고 얼굴을 내민다. 나는 말없이 목을 까딱였다. 그녀는 내게 의심의 눈초리를 남겨놓고 문을 닫았다.

　이튿날, 아이를 세수시키고 빵과 우유로 아침을 해결했다. 8시 40분에 집을 나섰다. 옆 방 아주머니로부터 시작해 대문을 나서는데, 이웃 사람들이 한마디씩 한다. "미스 김! 그 애는 누구야! 숨겨 놓은 애가 있었어?" "언제 이렇게 큰 애가 있었던 거야?" "얌전한 아가씬 줄 알았는데 다시 봐야겠는 걸." 깜짝 놀랐다. 무서운 말들이 나를 향해 손가락질을 해 오고 있었다. 무슨 구경거리나 난 듯 삼삼오오 모여서, 지레짐작으로 하는 소리가 나를 어쩔 줄 모르게 했다.

"아녜요. 어젯밤 버스 안에서 ……." 굳이 할 필요도 없는 변명 아닌, 해명을 하면서 아이 손을 잡아끌고 뛰다시피 경찰서로 들어섰다. 간밤의 그 직원은 기다렸다는 듯 고맙다는 인사말과 함께 아이를 안았다. 곧이어 나는 출근 시간에 늦지 않게 옆 건물 세무서로 발길을 옮겼다.

종일토록 기분이 좋지 않았다. 안내양과 경찰서 직원의 부탁을 나 몰라라 했으면 될 일이었다. 스물두 살 순진한 아가씨의 오지랖이 빚어낸 일화로 동네 사람들의 입방아에 올랐다. 창피한 생각이 온몸으로 번진, 무척 힘든 하루였다.

무수한 세월이 흐른 지금 내 아들이 결혼해 딸을 낳았다. 손녀가 올해 일곱 살이다. 손녀의 모습에서 42년 전, 경찰서에 맡긴 그 아이가 클로즈업 되어 다가왔다. 일부러 기억을 소환해 내려고 한 것도 아닌데 소녀의 희미한 모습이 떠오르는 이유는 뭘까? 돌이켜보니 나는 선한 일을 했다는 우쭐함에 사로잡혀 있었다. 그 아이가 부모 품이나 가족들 곁으로 잘 돌아갔는지 확인했어야 했는데 그러지 못했다. 매일 경찰서 앞을 두 번씩 지나칠 때마다 소녀의 뒤 소식이 궁금했지만, 동네 사람들의 부정적인 눈초리가 무서웠다. 당시 그들의 말을 농담으로 받아들이지 못할 만큼, 내 속엔 헛된 바람으로 가득했으니 내 안에 또 다른 내가 너무도 많았던 것 같다.

지금이라도 그 아이가 잘 지내고 있는지 할 수만 있으면 알아보고 싶다. 지금쯤 쉰 나이의 중년으로 자기 자리를 찾아 성숙한 인생이 되어 있을 그녀에게 주소 없는 사랑을 전해본다. 어느 곳에서 어떻게 살고 있을지라도 매 순간 살아있음의 환희를 느끼는 일상의 날들이기를 바라는 마음으로.

노점상에 관한 단상

오래전 일이다. 내 아이 친구 엄마(아친엄)가 찾아와 뜬금없는 말을 했다. 서면 태화 백화점 뒤편 코너 자리를 오백만 원에 계약했단다. 떡볶이와 어묵을 취급할 거라며 장사 좀 하면 돈을 벌 수 있다는 얘기다. 축하해줄 일이다.

이즈음, 내 집은 남편의 사업 부도로 어려움을 겪고 있었다. 그녀는 눈치라도 챈 듯, 노점상 해 볼 것을 권했다. 내가 오케이만 하면 기꺼이 자리를 알아봐 주겠다는 선심까지 썼다.

그렇게 열흘을 보내던 중, 나는 두 마리 토끼를 잡아야겠다는 생각을 했다. 당시 내가 하던 일은 유가증권 유통업이었다. 나는 퇴근 시간을 백화점 영업이 끝나는 8시로 정해 놓고 있었다. 그러니 노점상을 하려면 우선 석 달 정도 나 대신 일할 사람을 찾아야 했다. 때마침 보름에 한 번씩 나타나는 손님이 있었다. 식당에서 일한 경험이 있고, 자신의 솜씨를 자랑하느라 직접 만든 음식을, 싸 오기도 했으니 안성맞춤이었다. 시간당 만 원씩 매일 4시간을 일하는 조건이다. 나는 바쁘게 서두르지 않아도 되었고, 퇴근과 동시에 노점으로 출근하면 되는 일이다.

그렇게 결심하고 나니 더는 망설일 이유가 없었다. 아친엄과 어떤 조직이 관리하는 업자를 만나 자릿세를 건넸다. 그가 끄적거린 '현금 5백만 원 받았음'이 계약서이자 영수증이다. 리어카 이동은 전문적으로 옮겨주는 이에게 맡겼다. 리어카 보관할 장소 이용하는 비용까지 간단하지 않았다.

나는 도우미에게 걸맞은 재료와 필요한 주방 기구를 구입 후, 장사 준비를 하게 했다. 퇴근 후 부업 장소로 달려갔다. 노점 거리의 밤 풍경은 휘황찬란했다. 내 자리에 도착해보니 대형 식당이라도 오픈하는 모양새다. 씻고 다듬고 정리하느라 손님 맞을 준비가 전혀 안 되어 있다. 자릿세 받은 업자나 이미 장사를 하는 주변인들 모두 불구경이라도 하는 듯 바라보고 있다. 일머리를 모르는 내가 봐도 가관이었다.

어묵 국물 내는 일도 만만찮았다. 나는, 청주에서 음식점 하는 이종사촌 동생에게 물었더니 고추 씨앗을 넣으면 칼칼하고 맛있단다. 그건 어디서 사냐고 묻자, 개업 기념으로 말린 고추 씨앗을 사서 보내왔다. 퇴근 후 집에 와서 새벽 한 두 시까지 다시물을 우려내는 일은, 무척 버거웠다. 할 수 없이 메뉴를 김밥과 부침개로 바꿨다. 일주일이 지나도록 파리만 날렸다. 미안해서 그만두겠다는 도우미에게 오픈하는 날과 그만두는 날, 목욕비를 추가로 쥐어주었다. 달리 방법을 찾아야 했다. 퇴근을 2시간 앞당기면서 직접 뛰어들기로 했다. 또, 아친엄 쪽은 부부가 함께 움직이니 내 자리를 펴달라고 부탁했다. 대신 수익의 삼 분의 이를 가져가라고 하니 기꺼이 승낙이다.

첫술에 배부를 것을 기대하지 않았듯, 파리만 날리는 날이 계속되었다. 오후 3시부터 자리를 펴고 음식을 만들어 진열하는 이웃 노점상들이 더 안타까워했다. '다섯 시에 자리 펴서 언제 손님 맞을 거냐? 6시에 마치는 직장인들과 일반인들 벌써 식당에서 저녁 먹고, 대부분 2차로 혹은 입가심으로 술 한잔하는 사람들이다.' 이웃들의 비웃음거리가 되고 있으니 참으로 한심하고 후회막급이다. 한숨을 폭폭 쉬고 있자니 서너 명의 남자 손님들이 우르르 몰려 들어섰다. 우선, 소주 세 병과 안주로 부침개 두 장을 주문한다. 나는, 옆의 노점상에게 우린 술이 없으니 술 좀 빌려 달라고 하자, 편의점 가서 사라고 한다. 난, 일벌레처럼 부지런을 떨었다. 그런데, 좀 전까지 빵조각을 떼어 커피에 찍어 먹던 아친엄이 보이지 않는다.

　우왕좌왕하는 사이 30분쯤 지나서다. 아친엄은 '손님들 갔느냐'며 전화를 걸어왔다. 동시에 '어디 있느냐'고 내가 묻자, 자기는 술 파는 일 못 한다. 백화점 옆 건물 화장실에 있으니 손님들 가고 나서 연락하면 그때 가겠다는 거다.

　단지 손님이 찾는 술을 내놓았을 뿐이다. 서로 마주하여 술을 주고받고 마시는 일을 한 것도 아니다. 나는 그때나 지금이나 어떤 술도, 먹을 줄도 부을 줄도 모르는 숙맥이다. 그렇게 이것저것 가릴 거면, 그녀는 왜 노점에 뛰어들었을까? 직업엔 귀천이 없고 식자층이 아니긴 피차 매일반이건만, 새롭게 접해본 그 일은 추억의 노점상이 되지 못했다. 돈은 누구나 버는 게 아니고, 부자도 누구나 되는 게 아닌가보다.

　코로나 전만 하더라도 많은 사람이 노점상 풍경을 기억하고 있다. 옷깃을 여미고 보폭을 좁혀 종종걸음을 치게 되는 계절이면, 붕어빵 굽는 주물 틀 앞에서 날렵한 손놀림을 바라보는 눈길들이 줄을 잇고 있었다. 갓 구워져 나온 붕어빵을 머리부터 먹을까 꼬리부터 먹을까 고민하며 마음을 포슬포슬 채우던 시간이 있었다. 뜨거운 군밤과 군고구마를 덥석 물었다가 '앗 뜨거워.'하면서……

이젠 추억이 사라지고 노점 문화도 예전과 많이 달라지는 세상이다. 오죽하면 20대들이 배달을 업으로 하는 곳에 몰려갔다가, 또 다수는 붕어빵 장수로 뛰어드는 요즘이다. 부지런을 떨며 많은 시간을 할애해도 최저임금도 못 버는 현실을 실감해야 하니 말이다.

나는 '삶의 의미보다 살아있음의 경험이었노라'는 신화학자 조셉 캠벨의 말을 읊조려 보았다. 십팔 년 전 잠깐 손댔던 노점상 일이야말로 내게 살아있음의 경험이 아닐까 싶다.

엄마 냄새

네 살짜리 아이들을 데리고 현관문을 나섰다. 햇살이 따뜻하고 공기는 감미로웠다. 놀이터 가는 길목에 배추와 무가 심겨 있는 텃밭이 있다. 이곳 국공립 어린이집과 유치원생들을 위해 심어놓은 것이다. 어제, 온종일 내린 봄비를 흠뻑 맞은 채소와 들꽃이다. 온 우주의 기운을 받은 양 유난히 푸른 잎을 반짝이고 있다.

배추 꽃대에 녹두 알 만한, 크기의 노란 꽃망울들이 다닥다닥 붙어 있다. 한 꼬마가 눈 깜짝할 사이에 꽃대를 꺾어 들고는 "턴탱님~"하고 부르면서 내게 내민다. "어머, 꽃이 아야 하겠다." 하고 우는 시늉을 하니 그걸 빼앗아 내 코에 갖다 댄다. 냄새를 맡으라는 소리다. 좀 전 실내에서 소리 나는 인형을 꾹꾹 눌러대면서 방귀 냄새를 맡게 해주었더니 그걸 나에게 다시 갚으려는 것 같았다.

배추꽃망울엔 냄새가 없는 것인지 아무 냄새가 나지 않았다. 그래도 나는 아이들이 보는 앞에서 눈을 가느스름하게 뜨고 냄새가 좋다는 흉내를 냈다. 아이들이

서로 부딪히며 내게 달려들어 꿀 내음을 맡으려고 했다. 어찌나 열심히 냄새를 맡았던지 풀냄새 비슷하니 깊고 알싸한 내음이 풍겨왔다. 아무리 작아도 꿀샘은 있다는 듯, 달짝지근한 냄새가 느껴졌다. 그 냄새는 나와 이마를 맞대고 뺨을 맞댄, 천사들의 살갗에서 풍겨 오는지도 몰랐다.

아이들과 놀이터에서 신나게 놀고 왔다. 하은이와 루다는 밖에서 더 놀고 싶은가 보다. 아까 현관문을 나설 때 보았던, 배추밭 앞에서 머뭇거린다. 이미 현관 안으로 들어선 꼬마들은 신발을 벗어 자기 얼굴 사진과 이름자가 붙은 곳에 들쭉날쭉 신발을 넣는 손길이 바쁘다.

'배추꽃은 냄새가 없어요?' 유희실 한쪽 작은 소파에 앉아 있는, 조리사와 차량 샘에게 내가 물었다. 냄새가 있는지 없는지 모르겠다던 조리사가 느닷없이 '엄마 냄새'가 최고라고 했다. 이 세상에서 제일 좋은 냄새라며 엄마 없는 사람들이 가장 불쌍하단다. 나도 문득 엄마를 떠올렸다. 내 어머니는 오래전에 돌아가셨다. 엄마가 살아계셔야만 엄마 냄새를 아는 걸까.

비 온 뒤에 풀냄새나 바닷가의 소금 냄새 같은 자연 향기를 통해서도 사람들은 지난 일을 떠 올리기도 한다. 그 시절엔 특별한 화장품도 없었는데 엄마한테서는 좋은 냄새가 났다. 특히 엄마 품에서 나던 젖 냄새는, 달지 않으면서도 감미롭고 허전한 마음을 푸근하게 채워주었다. 어렸을 때 야단을 듣고 울다가도 엄마품에만 안기면, 모든 서러움을 다 가시게 했다. 마음까지 말랑말랑해지는 그 냄새를 얼마나 사랑했는지 모른다. 이제 그 냄새는, 내 머리를 빗겨주던 세월 저편으로 달아나 있지만.

유년 시절 내가 뛰어놀던 곳을 지금은 돌이킬 수 없고 돌아갈 수 없다. 엄마는 일요일 오후면, 가끔 김치를 쫑쫑 썰어 넣고 김치 라면과 국수를 끓여 주셨다. 또 겨울이면 여섯 식구가 간식처럼 먹을 만두를 빚기 위해, 많은 양의 김치를 잘게 다져 만두소를 준비하시던 엄마다. 그때 엄마 옷에 배인 김치 냄새가 '훅' 풍겼을 때 나는 코를 쥐었다. "아유 냄새" 했던 기억까지 가슴 저리게 아려왔다. 지금 생각해보니 간소하지만, 한 끼 식사에서 맡았던 구수한 냄새였다. 그 속에서 항상 뭔가 분주하던 엄마의 모습이 머릿속에 남아 있었다. 그것은 그냥 음식 냄새가 아니라 엄마 냄새였다. 이제는 사라져 간 냄새 속에서 가장 향기롭던, 나의 원천인 엄마 냄새는 고향의 냄새이기도 했다.

지금이라도 엄마가 계시면 좋겠다. 방문을 열었을 때
폐 깊숙이 들어오는 노인 특유의 냄새를 풍기더라도 그
리움의 대상이 살아있다는 것을 증명하는 내음일 테니
까. 설혹 누군가 나쁜 냄새라고 불편을 호소하면, 그깟
냄새에 잠깐 움찔한 뒤 창문을 열면 될 일이다.

 나는 냄새에 아주 민감했다. 엄마의 오똑한 코를 닮는
대신, 2억 개의 후세포(후각을 받아들이는 감각세포)를
갖고 있다는, 개(犬)의 촉촉한 코를 닮았나 보다. 개 코
처럼 음식의 냄새를 통해 편식하는 습관이 길러져 있다.
돼지고기는 돼지 냄새가 나서, 달걀에서는 닭똥 냄새가
나서, 생선은 비린내가 싫어서라며 먹지 않았다. 그것은
살면서 어쩔 수 없이 마주하는 냄새건만, 내가 싫어한다
는 이유로 나는 결혼해서도 한참 동안 이 음식들을 만
들거나 먹지 않았다. 그러니 당연히 피해를 보는 쪽은
늘 가족이었다.

 아이들과 함께 맡은 배추꽃 냄새는 참 좋았다. 그 작
은 꽃을 피우기 위해 악착같이 뿌리 내린 배추 속살의
꼿꼿함과 봄바람의 어질고 부드러운 마음까지 맡을 수
있었다.

쉬는 사이

어느 기업체에 계약직으로 근무할 때였다. 점심시간, 젊은 직원과 함께 승강기를 기다리며 이야기를 나누고 있었다. 저쪽 출입문에서 여직원이 내가 있는 쪽을 보고 아는 척을 하려다 멈칫한다. 그와 동시에 내 옆의 직원도 살짝 고개를 돌리는 듯 외면하는 자세다.

산책하면서 그녀가 말했다. 아까 승강기 앞에서 마주칠 뻔했던 모모와는 쉬는 사이라고 했다. 전에는 같은 부서에 근무하면서 죽고 못 사는 사이였는데 지금은 소원해져 있단다. 그녀가 말한, 쉬는 사이라는 말이 계속 머릿속을 맴돈다. 나름 편리한 사고방식이요, 요즘 젊은 사람답다는 생각이다. 그런 애매한 사이를 쉬는 사이로 간주한다는 것을 알았으니 내가 한 수 배웠다.

그러고 보니 내게도 쉬는 사이로 되어버린 친구가 있다. 특별히 다투거나 멀어질 이유가 있는 것 같지 않은데 그냥 소원해져 있다. 나는 친구들한테 모든 시간과 감정을 집중하는 스타일이다. 한마디로 과잉 OGR(오지랖)이다.

삼십여 년 전의 일이다. 친구는 자기 딸의 심장병

수술비를 내게 부탁했다. 당시 나는 영주동 메리놀병원 가까이서 비자영(약사를 고용해서 운영하는) 약국을 개업한 지 석 달째였다. 가진 돈이라고는 월말에 약값 결제할 돈과 약사 월급을 주고 나면 통장이 빌 정도로 여유가 없었다. 고민 끝에 약사와 의논 후 약값 결제를 한 달 미루기로 했다.

친구 딸의 경우처럼, 내 아이도 비슷한 병명으로 내 남편 친구의 도움을 받은 경험이 있다. 그때를 떠올려 갚지 않아도 되니 수술 잘 받으라는 말과 함께 150만 원을 건넸다. 얼마쯤 지나서다. 친구는 자기 남편이 부산에 일이 있어 가는데 내게 고맙다는 인사도 할 겸, 세 명 식구가 함께 내려오겠다는 전화다.

밤 10시쯤, 그들 가족이 약국에 도착했다. 친구와 딸은 걸어서 10분 거리에 있는 내 집에서 자기로 했다. 내가 살던, 메리놀병원 건너편, 오래된 5층짜리 아파트는 승강기가 없다. 실내는 전형적인 한옥 구조다. 연탄 때던 곳을 기름 난방으로, 싱크대에 수도를 연결해 최대한 입식으로 리모델링한 흔적이 또렷했다. 나는 이곳에서 보증금 5백만 원에 월세 20만 원을 주면서 세들어 살고 있었다. 현관문을 열고 들어섰다. 디근자 형태의 실내구조다. 기차의 객실처럼 주방과 침실이 나란히 이어지고 오른쪽으로 작은방과 화장실이다. 약간의 높이가 있는 거실 마루에 오르려면, 먼저 댓돌 위로 올라서서 신발을 벗어야 한다.

그때였다. "아유 뭐 이런데 살아?" 친구가 뱉어낸 뜻밖의 말이다. 나는 무슨 말을 그렇게 섭섭하게 하느냐고 묻지 못했다. 마치 죄인이라도 된 심정이었다. 안양지역 주택에 사는 친구는 이런 구조의 내 집이 낯설어서였을까? 아니면 딸의 수술비를 선뜻 내놓은, 내가 부자인 줄 알았는데 이토록 허름한 아파트에 사는 것에 실망해서일까? 밀린 이야기를 하며 밤을 새울 기분이 싹 가셨다. 먼 길을 달려온 그들 모녀에게 새 이부자리를 펴주며 어서 쉬라고 했다. 마음에 커다란 상처를 입었지만 애써 드러내지 않은 채 길게 느껴지는 밤을 향해 잠을 청했다.

무심코 던진 돌에 개구리 맞아 죽는다더니 내가 그 꼴이다. 한동안 일그러진 감정을 추스르느라 마음고생이 여간 아니었다. 그 일 이후에도 친구는, 원래 성향이 냉정하고 인색해서인지 몇 번 더 서운한 일이 있었다.

언젠가도, 다른 친구와 같이 부산 내려오면서 내게 들렀다. 나는 두 사람에게 여러 물건을 바리바리 싸주고도 십만 원권 상품권을 각각 선물했다. 그리고 촉박한 기차 시간에 점심 해결이 수월치 않을 거라 여겨 햄버거를 사서 들려 보냈다. 그런데 자매처럼 여긴 친구는 부산역까지 가는 택시 안에서 '귀찮게 이런 걸 왜 주는지 모르겠다.'라고 했다니 참 속상했다. '그렇다면 처음부터 받아 가지나 말지' 나는 마음속으로 웅얼거렸다. 바쁜 와중에도 선물을 주기 위해 돈 쓰고 시간 쓰고, 마음 쓰기를 거쳤건만, 돌아온 것은 마음 다친 일이다.

예전 같으면 관계를 생각해서 내가 먼저 미안하다거나 앞으로 잘 지내자는 말을 했을 것이다. 그러나 나는 차츰 심리적 거리감 두기 실천을 했다. 내가 이럴진대 그녀도 나름대로 어떤 섭섭한 일이 있어서인지 모르겠지만, 우리는 그냥 이렇게 소원해진 사이다. 요새 말로 '쉬는 사이'가 되어버렸다.

친구와의 관계는 절대로 변하지 않을 우정이라고 생각했다. 오십 년 지기와의 관계 역시 세월만큼 여물고 익어온지라 마냥 순탄할 줄 알았다. 그래서 서운한 말에도 나 홀로 속상한 감정을 여과시켜 삭이곤 했다. 혹여 잘못된 줄 알지만, 쉽게 거절을 못 하면서 아는 사이를 유지해온 나 자신이다.

이제 그럴 시간에 지금 내가 누구를 만나야 가장 행복한지 고민하련다. 그러기에도 인생은 짧으니까.

외발자전거

메마름과 흘러넘침, 마이너스와 플러스. 어느 방향으로든 극에 다다른 상태는 벼랑 위에서 외발자전거를 타는 일처럼 위태롭다. 그렇다면 나는 어느 쪽일까. — <단어의 집 / 안희연>

아주 오래된 이야기다. 약국 경영할 계획을 갖고 일 년 동안 착실하게 약국 일을 배웠다. 먼저 약학 개론과 약학용어 사전을 구입했다. 이해가 되고 안 되고는 나중 일이었다. 그저 목적지를 향한 마라톤 선수처럼 책을 들여다보기에 바빴다. 중요내용을 옮겨 적은 노트를 들고 다니면서 읽고 암기했다.

약통 안에는 설명서가 들어있다. 약품의 성분과 효능효과 및 복용법 그리고 주의사항 등도 꼼꼼히 읽어 숙지했다. 조제실을 드나들며 조제법도 익혔다. 남의 약국에 아르바이트를 하며 약국을 찾는 손님들을 상대하는 일에도 경험을 쌓아 어느 정도 이력이 붙었다.

드디어 월급쟁이에서 경영자로 탈바꿈하는 기회가 왔다. 이제 막 약대를 졸업한 여자 약사를 고용했다. 그녀는 나를 언니라 불렀다. 나 역시 남들 눈에 자매로 비치기를 소원했다. 어쨌든, 가족이 혹은 자매가 운영하는 것 같은 약국을 오픈했다지만, 뒤집어 보면 '비자영' 약국이다.

삼거리에 위치한 약국은 입소문을 타면서 차츰 단골손님이 생겨났다. 사람들 생김새가 다르듯 약국을 찾는 이들의 증세와 종류도 다양했다. 사람들은 피로회복제와 드링크를 그리고 영양제와 진통제 등을 사 갔다. 그 가운데 가장 큰 비중을 차지하는 감기 몸살, 관절염, 위장염, 피부질환 등등의 약을 지어갔다. 당시만 해도 의약분업 되기 훨씬 전이었으므로 대부분의 사람들은 병원보다 약국을 더 자주 찾았다.

많은 사람 가운데 방앗간을 그냥 지나치지 않는 참새처럼, 아침저녁으로 약국에 들르는 이가 있었다. 그 남성은 한쪽 다리를 심하게 절었다. 약국 앞에 자전거를 세워놓고 두세 발짝 절뚝이며 약국으로 들어서곤 했다. 달리 걷는 모습을 보지 못했다. 늘 자전거를 타고 다녔으니까.

나는 그의 불편이 나의 불편처럼 느껴졌다. 뻔질나게 약국을 드나드는 그에게 공짜로 드링크를 내밀면, 그는 헤벌쭉 웃으며 넙죽넙죽 받아 마셨다. 당연한 듯, 한 번도 거절하거나 사양하지 않았다. 대신, 자신의 애

로사항을 털어놓으며 내 마음을 샀다. 나는, 몸이 불편하니 마음까지 고통스럽겠구나 싶어 그가 하는 이야기에 고개를 주억거리며 들어주었다. 그는 나를 '아줌마'라 부르며 퍽 의지했다.

나는 하루 종일 약국 일에 매달렸다. 그러나 오늘은 다섯 살 아들의 정기검진이 있어 대학병원을 가야 했다. 그래서 온전히 약사에게 약국을 맡겼다. 오늘 같은 날에 내 편리를 봐주느라 근무시간이 늘어난 약사에게 시간 외 수당 챙겨주는 것을 잊지 않았다.

그로부터 보름 지나, 아침나절이다. 깔끔한 옷차림의 사내 두 명이 약국 문을 열고 들어섰다. "어서 오세요." 내 인사말에 답이 없는 그들은 약국 안쪽을 기웃거렸다. 뭔가를 살피는 눈치더니 "혼자 계세요?" 한다. 옆에 있던 사람이 누런색의 큰 봉투 안에서 뭔가를 꺼내 든다. '건강 약국' 바로 내가 운영하는 약국 명이 인쇄된 봉투다. 약 알이 담긴, 여섯 칸이 줄줄이 붙은 조제약 봉지를 내밀며 "보건소에서 나왔습니다."

그들은 조제 기록 노트를 찾았다. 약 봉투에 쓰인 날짜와 짝 맞추기 게임이라도 하는 모양새다. "이 약, 아주머니가 지었죠?" 연월일과 어떤 증세의 약이라는 나만의 표기까지 내 글씨체가 증명하고 있다. 빼도 박도 못할 일이다. 그들은 미리 준비해온 서류에 내 도장을 찍게 했다. 작정하고 들이닥친 거였다. 나는 한마디 변명도 하지 않았다. 아니 어떤 변명도 할 수 없었다. 이미 엎질러진 물이다.

까마귀 날자 배 떨어진 일이 되어버렸다. 약사신문과 거래하는 제약사 직원들에게 약국을 내놓았다. 어떤 약도 조제 불가다. 약사 역시 있으나 마나 한 존재가 되었다. 입고된 약의 재고 조사와 함께 반품할 약을 분류했다. 이삿짐 싸는 일처럼 잔손이 많이 갔다.

며칠 뜸하던 장애인이 나타났다. 이제 약을 지어줄 수 없게 되었다고 내가 먼저 말하기도 전에 "아줌마! 아줌마한테는 정말 미안해요. 저한테 참 잘 대해주셨는데…" 말끝을 흐리며 고개를 숙이는 그에게 무슨 말이냐고 묻자, 그의 말은 이랬다.

내 약국에서 백 미터 정도 떨어진 곳에 수정약국이 있다. 그 남자는 건강 약국이 친절하고 약도 잘 짓는다는 입소문을 들었다. 제법 손님들이 드나든다는 말을 듣고 보니 배가 아팠다. 사돈이 땅을 사도 배가 아플 일인데 경쟁자인 동종업자가 땅을 사는 꼴을 보고만 있을 수 없었다. 비자영 약국이란 것을 알아내기 위해 내 약국을 드나들던 장애인에게 간첩(?) 노릇을 시킨 거였다.

장애인은 내가 자리를 비웠던 그 날도 어김없이 내 약국을 찾았다. 언제나 웃는 얼굴로 반겨주던 아줌마는 보이지 않고 젊은 아가씨만 있다. 약사가 장애인이 묻는 말을 귀찮아하며 무뚝뚝하게 대해주니 무시당하는 기분이었다고 했다. 자전거를 타고 곧바로 수정약국에 가서 다 일러바쳤다는 거다. 수정약국은, 장애인에게 건강 약국 뒷조사로 약사만이 취급할 수 있는 약을 지어오라 시켰다. 그것도 내가 있는 시간대에 가야 한다고 단단히 일렀다는 것이다.

수정약국에서는 장애인을 매개로 정보를 입수한 후 사건을 만들었다. 그리고 내가 지어준 조제약과 약 봉투를 증거물로 보건소에 알렸다고 그는, 신부 앞에 고해성사하듯 고백했다. 연신, 미안하다며 어쩔 줄 몰라 하는 장애인을 보자니 어이가 없었다. 약사가 친절하게 대해주지 않았다는 것을 빌미로 화근을 만들어 동조한 장애인이다. 나는 그의 등 뒤에다 내 속이 시원해질 악담을 퍼붓고 싶은 충동이 일었다. 하지만, 약국 개업한 지 6개월 만에 문을 닫아야 했듯이, 내 입을 '꾹' 다물었다.

열려라 창문

어느 날, 레미콘 트럭 운전기사인 남편이 일하다가 자기 집을 지나가게 되었다. '아, 들어가서 차나 한잔 마시고 가야지' 하고 차를 세웠다. 그런데 집 앞에 반짝반짝한 고급 승용차가 세워져 있다. 창문 쪽을 봤더니 아내가 웬 낯선 남자와 웃으며 이야기를 나누고 있는 거다.

남편은 아내를 의심하고 그 고급 자동차에다 레미콘을 부어버렸다. 그리고 화가 나서 그냥 갔다. 저녁에 집에 왔더니 아내가 안절부절 난리다. '내가 몇 년 동안, 당신 생일선물 줄려고 산 자동차를 오늘 딜러가 와서 전달해주고 갔는데, 나와 보니 차가 이렇게 됐다.
– <도시 전설의 모든 것 / 얀 해럴드 부룬반드>

그때 내 일터는 일곱 평 정도의 아담한 공간이었다. 부산시 중구 동광동, 한 굽이를 돌면 지대가 차츰 높아지기 시작하는 도롯가로, 단층 짜리 오래된 상가들이 즐비하게 늘어서 있다. 간혹 중간 중간에 2층짜리 상가 및 주택이 뻐드렁니처럼 끼어있기도 했다. 좁고 노후 된 구역이지만 우측에는 메리놀 병원과 아래쪽으로는 코모도 호텔이 있다.

약국 문을 열고 들어서면 긴 나무 의자가 놓여 있다. 두어 발짝 앞엔 매대가 있다. 매대 끝에 달린 간이 출구로 들어서서 대여섯 걸음을 걸어가면 조제실로 들어가는 나무 문이다. 그 문을 열고 들어서면 오른쪽에 화장실이 있다. 왼쪽 벽면에는 조제용 약 수납장이 한쪽 벽면을 절반이상 차지하고 있다. 점포 맨 안쪽은 옹벽으로 되어 있어 어떤 양상군자라 해도 단단한 벽을 부수고 들어올 수 없다. 약국 앞면은 전체적으로 통유리다.

나는 오전 8시에 문을 열고 낮 12시면, 약사와 교대 근무를 했다. 다시 오후 6시에 출근해 밤 11시에 문을 닫았다. 내가 정확한 시간에 문을 열고 닫는 것을 동네 사람들은 자기 집 살림살이처럼 훤히 알고 있다. 그날도 수지침 봉사를 끝낸 밤 10시다. 한밤의 사랑방 같던 약국 안이 무척 조용하다. 밤이 깊어갈수록 위급한 상황이 아니면, 약국을 찾는 손님은 거의 없는 편이다.

약국 실내 환기가 좀 더 잘 되었으면 하는 바람에 책상 앞 의자를 끌고 조제실로 들어섰다. 본래 건물 높이와 일정하지 않은, 조금 낮게 만들어진 화장실이다. 그 화장실 비스듬히 한쪽으로 보자기 반만 한 천창(天窓)을 손보기 위함이다. 의자 위에 올라섰다. 까치발로 작은 키를 키워 요리조리 살펴보았다. 최대한 팔을 뻗어 밀어보았다. 요지부동이다. 잠깐 사이 손은 먼지투성이다. 내 힘으로는 역부족이다. 내일 낮에 손볼 사람을 불러야겠다고 생각했다.

의자에서 막 내려서는데 문이 열리며 손님이 들어섰다. 몇 번, 약을 사러 온 낯익은 손님이다. "어서 오세요." 내 말이 끝나기도 전에 "뭐하십니까?" 그가 묻는다. 천창을 열고 싶은데 잘 안 열린다고 하자 "제가 한번 봐 드릴까요?" 고맙게도 그가 친절을 베푼다.

나는 그에게 조제실 안 천창을 가리켰다. 조제실로 들어가는 문을 거의 닫아야 의자 놓을 자리가 생긴다. 그는 고개를 뒤로 젖혀 천창을 살피더니 연장이 될 만한 것을 찾았다. 나는 조제실 서랍에 알약 분쇄용 나무 방망이와 손전등을 찾아 건넸다. 그는 이리저리 불빛을 비춰가며 밀고 당기고 흔들었다. "열리지 않는 창문이에요." "그럴 리가요?" "밖은 사람들이 오르내리는 계단이라 아예 막아놓은 것 같아요." 천창을 확인한 손님의 진단이다.

'열려라 창문!'하고 기대했던 마음이 속절없이 사그

라졌다. 손님이 의자에서 내려와 슬리퍼를 신으며 의자를 당겼다. 조제실 문을 당기면서 손님을 뒤따라 나가는데 동시에 남편이 약국 문을 열고 들어서다 말고 주춤한다. 그리고 얼굴색이 변하는가 싶더니 몸을 홱 돌려 바람과 같이 사라지는 거다.

나는 남편을 불렀다. 뒤도 안 돌아보고 벌써 저만큼 성큼성큼 걸어가는 모습이다. 손님도 당황한 얼굴이 되어 나를 보더니, 필요한 연고를 사서 횡하니 나갔다. 나는 부랴부랴 문단속을 하고 셔터를 내렸다. 집을 향해 빠르게 걸음을 옮겼다.

"제대로 상황 파악이나 하고 의심을 해야 하는 것 아냐?"

나는 안방에 들어가 있는 남편 앞에 핸드백을 팽개치며 속사포처럼 쏟아냈다.

"이 사람아! 밤 11시가 넘도록 집에 안 오니 걱정돼서 마중 나간 거잖아."

남편도 지지 않겠다는 말투로 으르렁댄다.

"걱정 같은 소리 하시네."

"그럼 늦은 시간에 조제실 안에서 웬 남자와 함께 나오는 마누라가 제대로 보일 리 있겠어?"

"그렇게 못 믿겠으면 마누라를 집에 모셔놓고 살아

야 하는 것 아냐?"

그이는 믿었던 아내도 의심하게 되는 마술 약을 눈에 바르고 약국에 나타난 거였을까. 나는 한참을 분이 안 풀려 씩씩댔다.

그 골목을 떠올리면, 어느 집에 누가 사는지 또 그때의 지붕 아래는 어떤 분위기였는지 어렵지 않게 그려진다. 아무개 집에 숟가락이 몇 개 있는 것까지 알아맞힐 정도로 나는 약국에 찾아오는 사람들의 사정을 속속들이 알고 있었다. 누가 언제 어디가 아파서 무슨 약을 사고 지어간 것까지 다 기억할 만큼 밀접해 있었다. 그런 마당에….

어느새 열기가 누그러진 여름 밤하늘에 달이 휘영청 밝다. 통유리 창밖으로 수많은 하루살이가 부지런히 날고 있다. 마치 어떤 멜로디에 맞추어 춤을 추는 것처럼.

베란다 유리창을 통해 창밖을 바라보는 나의 뒤통수로 착 가라앉은 남편의 소리가 날아온다.

"그만해! 순간 내가 오해했어."

천사의 도장

세상엔 있으나 마나 한 것들이 많다. 언젠가 사라져도 크게 아쉽지 않은 것들은 쉽게 내 손에 쥐는 즐거움도 있지만, 어쩌다 잃어버리거나 망가져도 살짝 혀를 차고나면 그뿐인 것들이다. 그런데 우리 얼굴이라는 도화지 같은 틀 안에서도, 있어도 그만 없어도 그만인 부위가 있다. 딱히 이렇다 할 역할이 없는 곳이라니 그게 뭘까?

얼굴 전체 크기에 비하면 아주 작은 부분으로 콧등에서 윗입술 사이로 오목한 영역이다. 인상을 결정하는 데 많은 영향을 준다는 인중, 인중의 '중中'자는 인간의 근원을 의미하는 관상학의 핵심이다. 예로부터 관상을 중시했던 우리나라에서는, 인중이 길고 홈이 움푹 파여 있을수록 장수하고 자녀 복이 많을 것이라고 해석해 왔다.

또 인중은 50대의 운명을 상징한다고 말한다. 남에게 이목을 끌지 않으면서도 상당히 중요한 부분이다. 인중이 희미하면 자식 복이 없다는 말이 있다. 문득 오래전 일이 떠올랐다. 영도다리 밑에서 관상을 본다고 자기소개를 하던 사람이다. 그는 내 얼굴을 한참

뜯어보더니 '자식을 몇 두었느냐'고 물어왔다. '하나'라고 하니 '그것 봐라 인중에 다 나타난다.'라는 거다. 나는, '일부러 한 명만 낳았을 뿐인데 당신이 내 속을 알아?' 하는 말이 목구멍까지 올라왔건만, 더 이상 상대하기 싫어 꾹 눌러 삼켰던 일이다.

나는 경계가 불분명한 인중을 갖고 있다. 도랑도 나이 들면서 옅어지는가 싶어 젊어서 찍은 사진과 비교해 보았다. 그때나 지금이나 별반 차이가 없어 보인다. 들어갈 때 들어가고 나올 곳은 나와야 잘 어우러지고 조화로운 이미지라는데…. 괜한 부모님 사진까지 들여다보며, 있어도 그만 없어도 그만인 곳에 초점을 모았다.

이처럼 물줄기가 얇고 퍼진 사람은 깊게 생각하지 않는 사람 중에서 많이 볼 수 있다니 내가 여기에 속한 것 같다. 지금까지 살아오면서 여러 차례 큰 금액의 손실이 있었다. 깊게 생각해 볼 여지없이 즉각 행동에 옮겼기 때문이다. 나는 그동안 여러 번 실수한 일들을 주마등처럼 떠올리며 '정말 그럴까?' 하고 옅은 인중을 '뚫어져라' 쳐다보았다.

아니다. 설사 그렇다 하더라도 함부로 무시하지 말아야겠다. 있어도 그만 없어도 그만인 인중이라지만,

사람의 생명을 논하는 많은 말들이 오가는데 어찌 함부로 대하겠는가. 배꼽이 시원始原의 흉터로 살아있는 전설이라면, 인중은 천사의 검지 자국이 새겨진 가격을 논할 수 없는 수제품이다.

민간요법에서 이르길, 인중은 간질을 다스리는데 최고의 효능이 있다고 했다. 다만 '십삼 귀 혈(十 三鬼 穴)'을 함부로 말해서는 안 될 만큼 지엄한 곳이라고. 한방 침구 응급 요혈의 첫 번째 요충지로서 사람이 기절했을 때 인중의 경맥을 뚫어주면, 기사회생할 수도 있을 만큼 중요한 곳이라니 가히 화룡점정이다.

현대사회에서 긴 인중은 제 연령보다 더욱 나이 들어 보이는 노인의 상징이 되고 있다. 인중의 길이는 인종에 따라 달라지는데 우리나라 여성의 평균 길이는 14~17mm 정도란다. 대부분 사람은 더욱 젊게 보이거나 개성 있게 보이기 위해서인지 얼굴 길이와 인상을 좌우하는 인중에까지 미적 욕망의 날을 세우는 추세다. 한눈에 잘 띄는 얼굴 한가운데 피어싱(찌)으로 깜찍 발랄함을 드러내거나 인중축소 수술로 생기 있고 어려 보이는 인상을 만드는데 극성이다. 왠지 밋밋하면 재미가 없어서인지, 독특해 보이고 싶어서인지 얼굴 이곳저곳에 피어싱을 한 여성들이 많다. 귓바퀴, 미간, 인중, 입술에까지 피어싱이 하나 또는 쌍으로 달린 것을 보면 내 살이 아픈 것 같기도 하고 무섭지 않을까 걱정된다.

인중이 생긴 데는 이런 이야기가 있었다. 우리가 엄마 배 속에 있을 적에 천사가 방문해서 지혜를 가르쳐 주었다고 한다. 그리곤 태어나기 직전에 그 모든 것을 잊게 하려고 쉿! 하고 손가락을 아기의 윗입술과 코 사이에 얹었는데 그 흔적이 바로 인중이라는 것이다. 인중에 관한 수수께끼를 풀어내고 싶어서 인중과 관련된 영화를 보았다. 자코 반 도마엘 감독의 2009년 작품 <미스터 노바디>다. 영화는 118세의 노인이 된 주인공 니모가 자신의 인생을 회고하는 이야기로 시작된다. 여기서 니모가 태어나기 전의 이야기가 인중과 연결되어 잠깐 나타난다.

아이들은 출생 전, 천국에서 지내게 되는데 이 과정에서 망각의 천사가 인중에 표시를 남기는 행위로 아이는 미래를 잊어버리고 과거만 기억할 수 있게 된다. 하지만 망각의 천사가 니모의 인중에 표시하는 것을 잊어버려서 그는 미래를 기억할 수 있게 된다. 많은 아이들 틈바구니에서 천사의 손길이 닿지 못한 주인공 니모는, 태어나기 전의 일부터 죽음까지 모든 걸 알고 있는 특별한 능력을 갖고 태어난다. 그렇게 아홉 살이 된 니모는 이혼하게 된 부모님 중 한 명을 선택하게 되면서 각기 다른 아홉 가지 인생을 살게 되는 이야기다. 영화대로라면 인중이야말로 인간이 태어나서 죽기까지 긴 여정을 살아가는, 인생에 상당한 역할을 숨기고 있는 창고 같다.

신생아가 엄마의 몸에서 나오기 전에 천사가 찾아와 윗입술에 손가락을 대고는 '잊거라.' 한 것은 아기가 지난 삶의 기억에 짓눌리지 않는다는 것이다. 탈무드에 나오는 그 이야기를 듣고 다시 한번 슬쩍 인중을 문질러 보았다. 인중에 그런 이야기가 있었으니 엄마 뱃속에서 배웠던, 뭔지 모를 지혜가 내 안에 아직 있을 것도 같다. 지금이라도 잘 쓸 수 있으면 좋겠다.

불량 주부

　나는 지금 오랜 시간을 주방에서 서성이는 중이다.
지난 주말, 문학 활동을 같이 하는 시인 집에서 먹었
던 청어 요리가 생각났다. 팬을 불에 올려 달군 후, 손
질한 고등어를 노릇노릇하게 굽기 시작했다. 좁은 집
안에 금방 생선 냄새가 차오른다. 초벌구이 후 심심하
게 간장 양념을 해서 졸이면 쫄깃한 식감을 맛볼 수
있다는, 말을 떠올리며 부지런히 손을 움직이자니 부
엌이 시끌시끌하다.
　고향이 평안도인 아버지는 삼대독자고 미식가다. 한
솥밥 먹는 가족답게 나도 아버지 식성을 닮아 있었다.
담백하면서도 맛이 뛰어난 음식만을 찾으며 편식에 길
든 나였으니 엄마는 이런 부녀가 무척 얄미웠을 게다.
　내가 중학교 1학년 때, 엄마가 국수 삶는 법을 알려
주셨다. 그때 나는 물의 온도와 시간을 측정하지 못해
번번이 국수 죽을 만들었다. 또, 대파를 다듬어 달라고
하면, 파 냄새에 눈물부터 주룩 흘리는 체질이라 도와
드리지 못했다. 심부름을 시켜도 매사 섬세하지 못한
말괄량이니 도대체 내가 잘하는 것은 무엇이었을까?
이렇듯 어떤 음식 한두 가지라도 척척 해낼 수 있을

만큼 제대로 익힌 것이 없다는 사실을 아버지는 몰랐던 거다. 그리고 공교롭게도 엄마는, 내가 스물한 살 되던 해에 갑작스러운 뇌출혈로 돌아가셨다.

나는, 엄마의 '탁탁탁' 하는 경쾌한 리듬의 도마소리를 그리워하며 근처 부식 가게에서 시금치를 사 왔다. 구수하고 맛있게 끓여주시던 엄마 손맛 흉내를 낸답시고 시금칫국을 끓였다. 그것도 아주 많은 양을 곰국처럼 끓였다. 그렇게 하는 줄 알았다.

나는 아버지의 칭찬을 기대했다. 집 앞에 다다르니 대문이 반쯤 열려 있다. 분명 나를 기다리시는 눈치셨다. 회사 다녀왔다는 인사말이 끝나기 무섭게, 전에 없던 아버지의 불호령이 떨어졌다. '음식을 조금씩 자주 해 먹어야지 이게 뭐냐'라며 국솥을 번쩍 들어 내가 보는 앞에서 수돗가에 다 쏟아 버리셨다. 나는 눈을 돌려 저 멀리 밖을 내다보았다. 바람이 횡횡 불면 비닐하우스가 펄럭거리는 것 같이 내 마음도 펄럭거렸다. 그때의 처참한 기분은 눈앞에 있는 아버지보다 천상의 나라로 간 엄마가 더 야속해서 펑펑 울었다.

엄마의 부재를 더욱 확인시켜준 국이다. 당연히 그릴 수밖에 없었을 것이다. 거기에는 엄마만의 손맛과 정성과 눈물이 들어가지 않았으니까. 입이 까다로운 아버지는 딸인 내게서 엄마의 잔상과 엄마의 손맛을 찾았을 테지만, 그건 시험문제의 난이도를 조정하는 일보다 험난했다.

나는 아버지를 노려보며 절규하듯 독립을 선언했다. 그렇다고 해서 우리나라 곳곳에 숨어 있을 법한 맛집을 찾아, 음식 맛내는 법을 배우고자 해서가 아니다. 엄마의 손맛에 길들어진 아버지의 입맛을 되돌릴 수 없을 뿐만 아니라 내게는, 음식에 관한한 대단한 비법 또한 숨겨져 있지 않았다. 아버지에게 해드릴 수 있는 것은, 더 이상의 요리가 아니라 독립, 그것뿐이었다.

아버지는 한동안 허락을 미루시다가 이제 막 대학생이 된 막냇동생을 보디가드로 붙여 승낙하셨다. 처음엔 사람을 시켜 김장김치와 마른반찬을 보내주셨다. 그러나 쌀이 남아도는데 일조하는, 내 살림살이를 본 아버지는 부식 전수를 딱 끊으셨다. 나는 빵과 과일을 비롯해 오이 당근과 옥수수, 그리고 감자, 고구마를 들여놓았다. 말 그대로 '빵 한 상에 섬유질 가득'이다.

어려서부터 엄마표 맛에 길들어진 내 입맛은, 심심하고 건강한 맛으로 결혼해서도 달라지지 않았다. 나는 아직도 그 맛을 고집했다. 가족들은 내가 해놓은 음식 간이 안 맞아 맛이 없단다. 내가 만든 음식을 가장 맛있게 먹어주는 이는 오직 나 자신뿐이다. 가족과 친척들은 나를 불량 주부로 몰아세우며 눈치를 주지만, 나는 주눅 들지 않았다. 건강한 맛을 내고자 꼼꼼하게 정성을 기울이는, 나 같은 우량 주부 있으면 나와 보라고 큰소리쳤다. 남편은 기가 차다며 지금도 젓갈 음식을 몰래몰래 사다 나른다.

우량주부의 단점이라면, 장을 많이 봐 오는 버릇이다. 엊그제도 무언가를 해야 할 것 같은 조바심이 일어 마트에 갔다. 상상 속에 채워진 이런저런 음식을 만들어 보고 싶은, 충동을 억제하지 못하고 닥치는 대로 주워 담았다. 식재료를 씻고 다듬고 썰고 정리하기까지 새벽 한두 시가 되는 일은 예사다. 8년 전부터는 두 식구 끓여 먹는데 손 큰 것은 고사하고 미련스럽게 장을 봐온다는 그이의 잔소리가 친정아버지 목소리로 들린다.

내 식대로의 라면 조리법은 이렇다. 먼저 면발의 기름기를 뺀다. 다시 끓인 물의 양은 한강 수준에 수프 양념은 삼 분의 일만 넣는다. 미원 맛을 중화시킨다고 대파 한 움큼과 달걀 하나와 치즈를 얹으면 끝이다. 한 젓가락 맛을 본 그이가 입에 넣은 것을 도로 뱉는다. 간도 맞지 않고 쫄깃한 식감도 없다는 투정이다.

새로 끓여 먹겠다면서 식품회사 대변인이라도 된 듯, 수프의 성분을 밝힌다. 나는 짐짓 모른 체 했고, 그 후로 라면 끓이는 일은 오로지 남편 몫이다.

나는 달랑 고등어 간장조림 하나를 놓고 꾸역꾸역 밥을 밀어 넣었다. 내가 만든 작품이라서인지 마음 흐뭇하고 꿀맛이다.

환기를 시키려고 커튼을 걷어 젖혔다. 닫혀 있는 양쪽 문을 다 열어놓고 달을 보았다. 고층 빌딩에서 쏟아내는 조명 불빛들이 달보다 밝은 빛으로 나를 쏘아본다. 나는 창가로 다가서서 내 안의 소리를 공기 중에 퍼뜨렸다. '나는 현재 40년째 우량주부다. 더도 말고 덜도 말고 그대로 기본에 충실하자'라고.

아마도 밤이 더 깊어져야만 달빛은 창문을 뚫고 들어와 내 머리맡에 달그림자를 만들겠지.

제 2부

달까지 가자

워렌 버핏이 될 수 있다고요

대재앙 같던 전염병이 모두의 관심에서 벗어나는 즈음이었다. 한동안 소식이 뜸하던 사회 친구를 만났다. 평소 말수가 적은 사람이건만, 지금 마주한 자리에서만큼은 뭔가 이루어내고자 하는 것처럼 목소리가 높고 말이 많아졌다.

그는 휴대폰을 열어 무엇인가를 찾더니 내게 보였다. 나는 냉정해지려는 마음을 다스리며 "그건 또 뭐냐?"라고 마지못한 관심을 표현할 때 주문한 음식이 나왔다. 그가 목을 축이듯 미역국을 한술 떠서 후후 불어 입안으로 밀어 넣고서 말을 이었다.

그동안 다단계로 퇴직금까지 다 잃고 신용불량자가 됐다. 어떻게 하면 빚을 갚고 사람 노릇 하며 살 수 있을까 고민하고 있을 때, 목사라는 사람이 구세주처럼 나타났다. 미국 주 정부에 등록된 세계적인 재단이요, 위기 가정과 청소년을 돕는 그룹에 가입해 잃어버린 돈을 찾으라는 위로를 해주더란다. 그리고 교통비까지 대주어 본사가 있는 모 지역으로 현장답사를 다녀왔다며 믿을 만한 회사라고 힘주어 말했다.

그는 하루라도 빨리 서두르지 않은 것을 후회했다.

그 중얼거림이 수면 위로 올라온 미꾸라지가 '꾸루룹 꾸루룹' 거품을 내는 소리처럼 들렸다. 이번엔 외투 안 주머니에서 은행 통장을 꺼내 활짝 펴더니, 입금 내역을 하나하나 확인시킨다. 본인은 신불자라 통장이 없고 이것은 목사 양반 것이라고 했다. 추천한 목회자의 통장 실물을 보여서라도 나를 끌어들이고 싶어 하는 눈치다. 그는 내가 사업을 정리한 8년 전에도 미꾸라지 양식장 같은 다단계로 나를 불러들였다. 절친한 사이는 아니지만, 인정상 부탁을 거절하기 힘들었던 지난날이 주마등처럼 스쳤다.

은근히 다단계 가입을 권유받는 자리라서인지 밥맛이 뚝 떨어졌다. 이럴 때일수록 바짝 정신을 차려야겠다 싶은 나는, 소개한 이가 진짜 목사냐, 어느 교회에서 목회하느냐고 물었다. 그는 어처구니없게도 모른단다. 그렇지만, 이번에 만난 목사는 여태까지 만나본 사람들과 다르다고 했다.

평소 기부와 봉사활동을 꾸준히 해온 사회 친구는 계속 나를 부추겼다. 희망차게 출발해서 돈 많이 벌어 불우이웃 돕기를 하자며, 마음 약한 나를 흔들었다. 역시 교회를 열심히 다니는 사람다운 발상이다. 내가 시큰둥해서 별 반응을 보이지 않자, 일주일 후 상공회의

소에서 사업설명이 있으니 생각해 보고 꼭 참석하란
다. 거기에 더해 시간 맞춰 오는 사람에겐 공짜로 코
인 보너스까지 준다는 유혹의 문자다.

3년 동안 코로나로 주춤했던 코인 및 다단계가 동시
에 고개를 치켜들고, 내게 슬금슬금 다가오는 어지러
운 세상이다. 태양광 에너지, 스테비아 제품, 무슨무슨
코인, 모 그룹의 엑소 좀(세포가 분비하는 물질) 기술
등등, 하나같이 미꾸라지 양식장을 방불케 하는 다단
계 업체들이다.

그들은 다단계로 풀고 있으면서도 절대 다단계가 아
니라고 했다. 그동안의 내 경험에 비춰본, 다단계의 문
제는 이랬다. 아무것도 모르는 나 같은 피라미들에게
청사진만 주었을 뿐, 잘 버틸 수 있도록 밑에서 받쳐
주지 않았다. 마케팅은 사람 소개하지 않으면, 취할 수
없는 구조다. 코인 투자하는 목적은 돈을 벌기 위함이
지 죽을 때까지 코인과 함께 간다는 뜻은 아닐 것이
다. 다단계업 역시 판매 촉진과 많은 수당을 챙기기
위해 사재기 및 사람을 여럿 달아야 하는데 그게 어디
쉬운 일이던가.

석 달 전, 친구 오빠가 개업한 법률 사무실에 축하
인사차 들렀다. 두 여성이 상담받고 있었다. '묻지 마'

펀드에 100억을 투자했다가 낭패를 봤다는 말소리가 들렸다. 하염없이 흐르는 눈물을 닦아내는 그녀들의 얼굴을 이만큼에서 흘끔흘끔 보았다. 저들의 심정은 어떠할까? 그에 비하면 내가 잃은 돈의 액수는 새 발의 피였다. 돈의 액수를 떠나 억울하고 바보짓을 했다는 후회만큼은 더하고 덜하고의 차이가 없겠지만 말이다.

여기저기서 어서 회원가입 하라고 손짓 신호를 보내온다. 나는 그들의 말을 건성으로 들었다. 오르지 못할 나무는 올려다보지도 말라는 속담이 있다. 워렌 버핏처럼 노련한 투자자가 될 수 없을 거라면 무모한 도전보다는 현실적인 목표를 설정하는 데 최선을 다하자고 다짐했다. 지금 이렇게 마음먹은 내 마음이 끝까지 흔들리지 않기를 바란다.

베토벤의 가계부

　세상을 살다 보면 돈의 굴레에서 자유롭기 힘들다. 돈이 많아서, 때로는 적어서…. 왜 이렇게 돈에 얽매여서 살아야 하느냐는 번민에 시달리면서도 우리는 돈에서 헤어나지 못한 채 살아간다.

　경제적 어려움에 시달리긴 세계적인 거장 음악가들도 예외는 아니었다. 베토벤 하면, 카리스마 넘치는 눈빛과 사자 갈기 같은 백발이 떠오른다. 청력을 잃고도 인류사에 남는 멋진 곡을 쓴 거장이요, 악성으로 불리는 인물이다. 그런 그가 꼼꼼한 성격을 가졌거나 궁핍한 삶을 벗어나기 위해서였을까? 점심 반찬값에서부터 스승 하이든과 마신 커피 값, 초콜릿 값, 그리고 작곡료 받은 것까지 세세하게 기록하며 철저하게 돈 관리를 했다.

　당시의 음악가들은 귀족이나 궁정에 예속되어서 활동했다. 그러기에 안정적인 생활은 가능했을 것이다. 그러나 귀족이 원하는 맞춤 곡을 써야 했기 때문에 자신의 스타일을 펼치기에 힘들었다. 베토벤은, 오직 독립적인 음악가로 활동하기 위해서 얼마 되지 않은 자기 돈을 꼼꼼히 관리하려고 가계부를 적었다는 것이다.

내게도 베토벤에 버금가는 친구가 있다. 지금까지 서른다섯 권 넘는 가계부를 기록하고 있는 여고 동창이다. 그녀는 남편 직업이 탄탄한데도 집안 살림을 게을리하지 않았다. 남의 손을 전혀 빌리지 않는, 알뜰한 살림살이로 꼼꼼하게 가계부를 썼다. 결혼할 때 장만한 작은 아파트에 현재까지 살면서 기록을 통한 보람을 느낀다고 했다.

살다 보면, 기억해내야 할 어떤 일들이 있다. 그럴때 기억이 안 나면, 대강의 짐작으로 헤아려보기 일쑤다. 그러나 친구는 가계부를 들춰본다고 했다. 그녀에게 있어 가계부는 지출내용만을 적는 단순 기록이 아니었다. 거기엔 세심한 생활철학이 담겨 있었다. 또 언제든 당시의 생활상을 가늠하는 지표가 되어 물가 파악도 할 수 있을 테니, 그 집의 가보家寶라고 해도 지나치지 않을 것이다.

한정된 생활비로 살아가노라면 생각지도 않은 경조사비가 많이 지출되는 달이 있다. 그 외의 달엔 한 달 생활비에서 삼십만 원 가량이 남아서 저축하는데 그 재미가 여간 쏠쏠하지 않단다. 나도 친구처럼 잘 해낼

수 있다고 자신하며 가계부를 쓰리라 작심했다. 그러
나 번번이 작심 삼 개월로 끝냈으니 참 부끄러운 일이
다.

  나는 평소 현금과 상품권 그리고 간혹 직불카드를
사용한다. 그러던 중 자주 이용하는 미용실 원장 소개
로 신용카드를 만들었다. 각종 혜택 운운하는 카드 모
집인의 설명이 금방이라도 뭉텅이 돈을 공짜로 내려줄
기세다. 며칠 후, 신용카드가 내게 '카드를 만들었으면
어서 긁어봐야 할 것 아냐?' 하며 내 생각 주머니를 찔
러댄다. 나는 내게 강림한 신용카드와 급속도로 친해
졌다. 누군가가 산, 한 끼 식사가 부담스러워 두 세배
더 값나가는 식사로 갚음하는 재미가 좋았다. 또, 가성
비 좋은 물건을 사서 선물 돌리는 일에도 망설이지 않
았다. 손이 크다고 할까? 폼 잡는 것을 최우선으로 하
다 보니 지름신(언제든 사고 싶은 것이 있으면 앞뒤
가리지 않고 바로 사게 만드는 가상의 신)을 끼고 살
았다.

  차츰 잔고가 바닥을 드러내는 통장(텅장)앞에서 고
개를 갸웃거리는 일이 잦아졌다. 그러다가 두 곳, 주거
래은행의 입출금 내역을 확인했다. 안 써도 될 곳에
사용한 점과 불필요하게 과다 지출된 곳에 형광펜을

그었다. 친구는, 가계부를 통해 생활상을 가늠하는 지표가 된다면, 나는 카드사용 내역을 통해 후회와 한숨의 그래프를 그렸다. 신용카드 사용한 대금이 통장에서 뭉텅뭉텅 빠져나간 내역을 보고 나는 지난 5월부터 가계부를 적는 중이다.

돈을 제대로 관리하려면 가계부 기록하는 것만큼 세심한 신경을 써야 했다. 어떠한 유혹에도 거절하려면, 늘 빈 지갑 상태를 유지하는 습관이 필요했다. 세계적인 음악가들, 베토벤은 물론, 모차르트, 멘델스존, 파가니니, 베르디, 이런 인물들도 음악을 돈으로 풀었다고 하지 않던가. 이제 나도 봉사라는 천의무봉을 입힌 공짜 강의나 공짜 일자리에 행하지 않으련다. 잃어버린 노후 자금을 가계부를 기록하면서 찾아야겠다. 그것만이 열심히 살아온 나 자신을 보상하고 사랑하는 것일 테니까.

어느 작가가 자기 어머니의 모습을 묘사한 글이 생각난다. '어머니는 일기를 쓰는 대신, 악착같이 살아갈 방도를 찾아 나섰다. 어머니는 하루도 빠짐없이 치열하게 가계부를 적어나갔다.'

나는 지갑 속 신용카드를 꺼내 열십자의 가위질을 했다.

태산을 이루는 1센티미터

대나무 뿌리에서 어린싹이 봄비에 모습을 드러내기 시작했다. 하루에도 몇 센티미터씩 자라는 죽순이다. 나는 내 머리카락을 떠올렸다. 언제 자랄까 했던 숏컷 머리가 짧지 않은 기다림 끝에 단발에 이르렀다.

나는 평소 머리 감을 때 샴푸만 했으나, 기부하기로 결심하고부터 린스와 트리트먼트를 꼼꼼히 사용했다. 그리고 이른 봄, 땅을 뒤집는 농부의 손길처럼 적당한 온도로 말리고, 두피의 혈액순환과 모근 탄력을 위한 빗질을 했다. 거기에 티끌만큼이라도 더 길기를 바라는 마음에, 하루 한 끼 내 주먹만큼의 단백질을 보충하는 안달을 보탰다.

어디 그뿐이랴, 주말이면 동백기름이나 미강유를 질펀하게 바른 뒤, 삼십 분 동안 헤어 캡을 쓰고 있기다. 좀 더 건강한 모발로 가꾸고 길러내는데 나만의 비법을 총동원했다. 머리카락은 정말 답답하게도 느리게 자랐다. 차라리 그달 불입할 돈이 부족하면 빌려서라도 채워 넣겠지만, 이는 적금 붓는 일보다 쉽지 않았다. 그럼에도 나무 한 잎 피우려고, 잠든 꽃잎의 눈꺼풀 깨우려고 지상에 내려오는 햇빛처럼, 나도 모발 관

리에 사명을 다하는 중이다. 이때만큼 내 머리의 계절
은 늘 봄이다.

머리를 감고 손질하는 일은 하나의 의식을 치르는
과정이 되었다. 퇴근 후 집에 돌아오면 눈꼬리가 올라
갈 정도로 머리를 잡아당겨 묶었다. 일 년 넘어서도록
계속되는 일이다. 지금까지 얼마나 자랐고 얼마만큼
더 길러야 할지 궁금했다. 소파 밑에 널브러져 있는,
9cm가 부러져 나간 41cm 플라스틱 자를 꺼내 먼지를
쓱쓱 닦아냈다. 한 손에 자를 들고 또 한 손에는 고무
줄로 동여맨 머리를 잡고, 길이를 재자니 우탁禹倬선생
의 탄로가嘆老歌가 떠올랐다. '한 손에 가시를 들고 또
한 손에 막대를 들고, 늙는 길은 가시로 막고, 오는 백
발은 막대로 치려고 했더니, 백발이 제 먼저 알고 지
름길로 오더라.'

머리털은 인간이 진화하면서 규모가 많이 축소된 다
른 털들과는 달랐다. 현재까지도 유일하게 풍성하고
길면서도 한 달에 1 ~ 1.5cm가량 자란다고 한다. 좀
더 젊었을 때 검은 머리를 나누었더라면 좋았을 텐데,
나는 늙는 길(세월)과 늙음(백발)이 오롯이 머금은 후
에야 티끌을 모으고 있다. 하지만, 기계도 오래 쓰면
녹슬고 고장 나 부속을 갈아주어야 하는데, 탈 없이

잘 자라주는 머리칼이 얼마나 감사하냐고 거울 속, 내게 위로의 말을 건넨다.

내 머리는 20%의 갈색과 80%의 은발로 어우러져 있다. 이런 머리를 부러워하는 내 또래의 연령층이 있는가 하면, 멋 내기 염색 마니아들은 그렇지 않았다. 염색하면 10년은 훨씬 젊어 보일 거라는 부추김과 유혹으로 나를 흔들었다. 그럼에도 나는 나이를 감추고 멋 내기를 위한 모든 행동을 하지 않았다. 오직 나의 흰머리가 사랑스럽다. 뚜렷한 가치관을 갖고 일이 년만 잘 견뎌 주면 될 일이다. 아, 나는 역시 머리칼을 기부할 운명을 갖고 태어난 것 같다.

회사 내 카페에는 얼짱, 몸짱으로 자기관리에 철저한 30대 후반의 여성이 있다. 그녀는 나를 가리켜 흰머리 여사라며 꼭 흰머리를 강조했다. 나는 그동안 매니저님이라고 존칭을 붙여 주었는데 이젠 황 여사라 부른다. 가는 말이 고와야 오는 말도 곱다는 것을 황가 아줌마가 알려나 모르겠다. 주변 사람들은 나의 깊은 뜻을 알지 못했다. 오히려 염색으로 감춰진 자신들의 흰머리가 드러나기라도 한 양, 걱정해주는 척했다. 내 머리카락 색 정도만 되어도 자기들은 염색하지 않았을 거란다. 반면 염색만큼은 해야 한다고 강조하며 머리칼 색깔로 노인 취급하는 이도 있었다.

이처럼 머리를 기르는 가운데 여러 우여곡절이, 힘 빠지고 도중하차 하고 싶은 마음이 들게 했다. 그렇지만, 나는 티끌을 궁색함이라 여기지 않고 저축의 원리처럼, 작정한 마음으로 인내를 기르는 중이다. 내게 있어 머리를 기르는 일은, 돼지 저금통에 하나둘 넣기 시작한 동전이, 어서 한가득 채워지길 바라는 심정이다.

어느새 머리길이가 15cm 다. 나머지 10cm를 더 기르기까지 꼬박 올 한 해가 걸릴 터이다.

22년 12월 9일 머리를 싹둑 잘랐다. 벅차오른 가슴이 깃털처럼 가볍게 춤춘다. 머리숱이 제법 많다. 두 개의 뭉치를 고무줄로 묶어 투명봉지에 넣은 후 아껴 두었던 고급스러운 선물상자에 담았다.

그리고 '모발 기부하면서'라는 동기를 간략히 써 내렸다. 십삼 년 전, 나는 사후시신 기증 서약을 했다. 지난해는 수필 2집 판매 대금(부산문화재단에서 받은, 지원 금액만큼)기부를 비롯해, 이번 머리 기부까지 벌써 세 번째 기록이다. 치맛바람 아닌 기부 바람이 내 안에서 훈풍을 일으킨다.

오늘(2023년 03월 20일 밤 11시 50분) 이 글을 쓰면서, 혹시나 하는 마음에 '어머나 운동본부'(어린 암 환자들을 위한 머리카락 나눔 운동본부) 사이트, 모발&헌혈을 클릭했다. 순간, 내 눈을 의심했다. 거짓말처럼 글자 크기 25포인트의 "모발 기부증서"가 '짠'하고 나타났다. 분명 환시는 아닐 텐데 그래도 곧 사라지는 것은 아닐까 싶어 얼른 출력 단추를 눌렀다.

　내 집에 놀러 온 일곱 살 손녀에게 '모발 기부증서'를 보여 주었다. 손녀는 제 엄마에게 자기도 할머니처럼 머리를 기부할 거라고 했단다. '기부까지 대를 잇겠다고?' 지금 손녀는 열심히 티끌을 모으고 있는 중이다. 머잖아 태산을 이루리라.

튀밥과 팝콘

카페 '커피 빈'에 들어섰다. 아침나절부터 많은 사람이 북적댔다. 두리번거리고 있으니 출입문 입구 가까이서 낯선 여성이 아는 체를 한다. 나를 소개한 이웃이 내 인상착의를 알려주었던 것이다. 나는 까딱 목례를 하고 그녀가 안내하는 구석진 자리에 앉았다.

그녀가 차 주문을 하러 간 사이 카페 안을 둘러보았다. 저만큼 테이블 사이에 칸막이가 세워져 있다. 꼭 기차 칸 같다. 은밀한 대화를 나누기에 적합한 곳을 마련해둔 이곳 주인은 어떤 사람일까? 주문한 차가 나왔다. 그녀는 수박 주스가 담긴 컵 속으로 굵고 긴 빨대를 꽂았다. 시원스레 한 모금 쭉 빨아들이더니 자신의 과거와 현재 경력을 밝혔다. 모집하는 입장에서 상대방에게 신뢰감과 유대감을 형성코자 하는 나름의 대화 방식 같았다.

이어 "주식회사 팝콘을 아냐"고 묻는다. "먹는 팝콘밖에 모른다."라고 하자 그녀가 웃었다. 처음엔 회사명이 '튀밥'이었는데 '팝콘'으로 바뀌었다며 회사 대표와 영업이사의 이름을 들먹였다. 두 사람 다 서울시에서 모범 시민상을 받았다는 인터넷 기사를 찌라시 돌리듯 보여준다. 마치 자기가 상을 받은 것처럼 그들의 스펙을 장황하게 늘어놓았다.

그녀가 말하고자 하는 본론은 이랬다. 출자자들이 회사에 입금한 돈 가운데 90%는 서너 곳의 증권회사에 예치한다. 나머지 10%로는 대표이사가 AI 로봇을 작동시켜 해외선물거래를 한다. 선물가격이 오르내릴 때마다 하루 2.5~3%의 수익을 올리기 때문에 출자자들에게 매일 0.5%의 수익금을 주어도 충분하게 돈이 남아돈다. 회사는 남는 돈으로 다른 나라에 학교도 지어주고, 연말 음악회에 1억씩 기부한다. 이미지 좋은 회사니 믿어도 된다. 그래도 궁금하면 왕복 교통비를 회사에서 대준다니 서울 본사에 가보자고 했다.

그녀가 다시 한번 주스를 길게 빨아들이고서 말을 이었다. '매일 아침 팝콘 앱을 들여다보는 재미가 쏠쏠하다'고 했다. 무슨 말이냐고 묻는 내게 복복리로 돈이 불어나는 원그래프의 숫자를 가리켰다. 만약에 급한 사정이 생기면 언제든 해지할 수 있다는 말에 군침이 돌았다. 그럴 경우 90% 예치해 놓은 출자금, 원금을 지급하니 아무 걱정하지 말란다. 그 말이 꼭 안심 보험 하나 들어두라는 말처럼 들렸다.

나는 집에 돌아오자마자 계산기를 두드려 보고 인터

넷을 열어 회사와 대표에 관한 기사를 찾았다. 롤렛 (roulette)의 휠을 돌리고 싶은 마음을 억제할 수 없었다. 돈을 쉽게 벌 수 있는데 참여하고 싶은 마음은 인간의 본능이라고 워렌 버핏도 말하지 않았던가.

나는 생활비 일부를 조각내 모아온 적금과 아들 내외가 준 용돈으로 야금야금 부어온 1년짜리 소액 적금, 그리고 보험 약관대출을 받았다. 코인처럼 '팝콘 더블라' 회사가 어떤 혁신적인 기능을 갖고 있다 해도 내겐, 그 기술이 직접적으로 필요하지 않았다. 얼마가 되었든 형편대로 입금한 뒤 회사에서 제공하는 앱을 깔면 된다.

'팝콘 부산 센터'를 찾았다. 본부장이라는 직책을 가진 목사 부인이 사업설명을 했다. 입금한 지, 육 개월이면 원금의 두 배를 준다. 일 년이면 원금포함 600%를 지급하는데 그동안 회사에서 관리해 준, 비용과 세금 등으로 100%를 제하고 500%를 지급한다. 지금까지 일 년 팔 개월 동안 아무 문제 없이 잘 꾸려온, 서민들을 잘살게 해주는 회사다. 이런 회사는 어디에도 없다. 1도 의심 말고 대출받아서라도 출자해 볼 만하다.

목사 사모는, 자리를 꽉 메운 사람들로부터 박수갈

채를 받고 다시 말을 이었다. 자신은 진작부터 각종 수당을 받아 아파트와 전원주택을 구입했다. 가족들과 함께 호캉스를 즐기는 등, 상상도 못 한 꿈에 그리던 일들이 하나하나 이루어지니 너무 행복하고 감사하다. 나 혼자만 잘 살고자 하는 일이 아니다. 여러분 다 같이 잘 살아야 한다. 만인들의 믿음을 살 수 있는 하나님의 종 목사의 아내, 그녀는 회원들의 심리를 충동질했다.

열 평 남짓한 사무실에는 너나 할 것 없이 옥수수를 튀기느라 웅성거렸다. 곧, 튀겨진 강냉이들이 그물 통발 속으로 순식간에 쏴르르 빨려 들어갔다. 본부장은, 밑으로 사람을 달면 하루라도 더 빨리 돈을 만질 수 있다는 사탕발림의 말도 빼놓지 않았다. 당장이라도 거금을 쥐고 싶어 하는 마음에 버터와 소금을 보태어 팝콘이 되게 해준다는 말로 들렸다. 자본주의는 태생에서부터 어떤 사람이 조금이라도 판돈을 쥐고 있으면 잠재적인 투자자로 대접해 왔다.

드디어 나도 앱을 열어보는 재미에 쏙 빠져들었다. 매일 아침이면 어김없이 동그라미 그래프에 찍힌 숫자가 눈곱만큼씩 더해져서 쌓여가고 있었다. 일, 십, 백, 천, 만, 십만, 백만, 천만, 억! 잘 튀겨진 팝콘이 동그

라미 여덟 개의 그물 통발을 채워 가고 있다. 복리에 복리이자가 불어나는 숫자놀음이야말로 수영장에서 몸을 뉘어 배영 하는 기분이었다. 이는 수영 중에 앞을 볼 수 없지만, 어느 정도 장거리가 유지된다면 생각보다 수월하게 돈을 벌 수 있다는 논리다.

팝콘에 돈을 투자한 지, 한 달하고 열흘쯤 되었을 때 예고 없이 강풍이 몰아닥쳤다. 회사대표는 회원들이 투자한 천억을 꿀꺽했다. 실로 눈 깜빡할 사이에 일어난 일이다.

인생이 한 편의 영화라면, 영화를 보듯 인생을 즐기면 될 일이다. 그런데 나는 헛된 욕심으로 영화 속에서 힘들게 살아가는 주인공이 되었다. 느긋하게 팝콘을 먹으며 인생 영화를 즐기는 관객이 되지 못한 채.

책이 안 팔려요

이 세상에는 밤하늘의 별보다 더 많은 책이 있다. 서점을 가득 채운 무수한 책들, 모두 신비스러운 존재들이다. 나는 별이 언제 어떻게 생겼는지 명확하게 설명할 실력과 자신이 없다. 하지만, 내 책의 생성에 대해서만큼은 잘 알고 있다. 이 한 권의 책이 탄생하기까지 엉뚱하고 황당한, 체험 스토리가 별의 탄생 못지않은 혼돈과 우여곡절을 안고 있으니까.

수필집을 발간하고 가까운 지인들에게 '이렇게 한 획을 그었다'라는 멘트를 날렸다. 곧 '오픈 발' 받은 개업집에 사람들이 찾아드는 것처럼, 내 수필집을 찾는 이들이 줄을 이었다. 나는 잔뜩 기대에 부풀었다.

그렇게 반짝 한 달이 지나면서다. 하늘을 나는 곤충이나 새들의 슬로모션을 보는 듯 판매의 움직임도 그랬다. 학연 지연 혈연을 다 동원하고 나니 한계점에 다다른 것 같다. 좋은 방법이 없을까? 고민하다, 판매된 책의 작가 수익금 65% 모두를 기부하겠다는 야무진 결심을 알리며 재차 홍보했다. 그런데 '잘한 일'이라는 칭찬만 무성했을 뿐, 판매 속도는 여전히 지지부진했다. 직장동료 중에는 십여 권에서 오십 권의 책을 거뜬히 사주겠다고 큰소리친, 이도 있었으나 결국 허풍으로 그쳤다.

내 가슴에 기대 바람을 잔뜩 불어넣고는 이내 고무풍선 주둥이를 열어 바람을 빼낸 그들이다. 무성한 말만 믿고 심리적인 거래를 하느라 버티고 있었으니 무척 자존심 상했다. 내 마음은 안개비 되어 어둠이 드리워진 땅 위로 내려앉았다. 나는 우울의 그늘을 걷어내고자 주말마다 듣는 라디오방송 여성시대에도 한 권의 책과 함께 정성 들여 쓴 편지를 보냈다. 그러나 가뭄 끝에 단비 같은 소식은 오지 않았다.

며칠 후 우연찮게 복지사업 하는 이를 만났다. 내가 사는 지역의 구청장과 몇몇 직원들을 잘 알고 지낸다는 그녀의 말에 나는 구청장을 만나게 해달라고 부탁했다. 우선, 부산문화재단 지원 사업에 작품 및 서류전형이 선정되어, 지원금을 받아 수필집을 출간하게 되었다는 점을 밝혔다. 그리고 지역 서점 살리는데도 한몫하고 싶다. 또, 작가 지분을 환원코자, 구청 복지과에 기부하겠다고 내 포부를 알렸다.

다음 날 오후 구청장을 비롯해 관계부서 직원들을 만났다. 모두 좋은 생각이라며 반가워했다. 협의할 일 있으면 연락해서 잘 만들어 가겠다고 약속하는 자리는 그야말로 화기애애했다. 금방이라도 막혔던 물길이 뻥 하고 터질 것 같다. 이제 관官을 통하는 길을 택했으니 남은 책이 팔리는 것도 시간 문제일 거라는 기대를 했다. 한시라도 빨리 기부에 충실하고 싶었다. 그래서 그동안 가족을 비롯한 친구와 지인들에게 판매된 부분보다 조금 더 많은 금액을 먼저 기부했다. 다음 날, 구청 직원에게서, '아, 빨리 보내주셨네요. 감사합니다.'라는 문자를 받았다.

그 후 협약서를 주고받는 절차와 함께 사진을 찍고 2022년 1월 25일 지역신문 문화 8면에 '김명애 작가 수필집 수익금 기부키로'라는 기사가 실렸다. 지방지도 아닌 지역신문 한구석에 겨우 실린, 기사를 보고 적잖이 실망했다. 내가 계획하고 추구하는 것은 이게 아니었다. 판로 부분에 도움을 받고 싶었다. 그래서 국민의 소중한 세금으로 받은 지원금을 되돌려주고 싶은 마음이 전부였다. 그런데 뭔가 보여 주기 위한 쇼로 시작되고 끝나는 것 같아 못내 서운했다.

내 몸과 마음은 한여름 무더위에 시든 배춧잎처럼 늘어지고 말았다. 기부하겠다는 발상을 한 나 자신이 미웠다. 하지만, 내가 좋아서 한 일인 만큼 이대로 중도하차 할 수는 없다. 일 년 전, 심은 어린나무가 뿌리

내리도록 기다려야 하는 시간이 필요하다고 나 자신을 위로했다.

지금은 독자보다 작가가 많은 세상이 아닌가. 하루에만 쏟아지는 신간이 무려 천 권이라는데 정작 사람들은 책 읽는 것을 즐겨하지 않았다. 나는 고민을 덜어내고자 '미래 경영 연구소 황장수 유튜브 방송, 협동조합' 문을 두드렸다. 얼마든지 주인공이 되어보라는 전화다. 하늘이 무너져도 솟아날 구멍을 만난 것이다. 나는 즉시 유튜브에 올릴 동영상을 찍어 전송했다.

그 후 닷새쯤 지나서다. 수필집 영상을 업로드했다는 소식이 왔다. 연구소 실장은, '많은 회원들이 관심을 가지고 구매했으면 좋겠다.'는 문자로 내게 한층 용기를 주었다. 동영상을 본 회원들의 축하 글이 꼬리를 이었다. 한 사람, 한 사람에게 답 글을 올리는 일로 바빠지는 가운데, 책을 주문하는 문자가 부지불식간에 몰려들었다. 책을 포장하고 우체국에 접수하는 등 자잘한 일들이 내게 큰 기쁨이 되었다. 책에도 귀소본능이란 게 있어서 어울리는 독자를 찾아간다는 말이 있다. 그것이 사실이라면 더 즐거운 일이겠지만, 내 수필집 역시 느리게라도 독자에게 돌아가길 바랐다.

능소화가 담장을 타고 넘어 피어나는 요즘이다. 그

걸 보는 나를 슬며시 미소 짓게 한다. 주렁주렁 매달린 능소화가 우체국 다녀오는 내 뒤를 따라온다. 회사 동료가 웃으며 말했다. '빌딩부터 사고 기부는 나중에 하시지 않고요.'

나는 영국의 시인 조지 고든 바이런의 말을 들려주었다. '기쁨을 더 크게 누리려면 다른 사람과 나누어야 한다. 행복은 쌍둥이로 태어났다'고.

잘못 눌렀어

휴대폰에 저장되지 않은 번호로 부재중 전화가 와
있다. 진동으로 해놓은 데다 저만치서 충전하느라 전
화를 받지 못했다. 누굴까? 궁금해하며 나는 그 전화
번호를 꾹 눌렀다. 신호가 한참 가도록 전화를 받지
않는다.

다음날 휴대폰을 열었을 때 어제 온 부재중 전화가
신경 쓰였다. 나는 전화를 거는 대신 '뉘신지요?'라고
문자를 보냈다. 기다리기라도 한 듯 바로 전화기가 울
렸다.

"하예라?"

"네. 누구세요?"

"나야, 서○○. 실은 어제 네 이름자 하고 끝 자만
다른 사람에게 전화한다는 걸 잘못 눌렀어. 그래서 얼
른 전화를 끊었어. 얼마 후, 네게서 전화 왔을 때 일부
러 안 받았어. 그러다 지금 네 문자를 받고 용기 내서
전화하는 거야." 하더니 불쑥 핑계 같은 말을 이었다.
"전에 내가 네게 전화하니 내 전화를 피하는 것 같은
느낌을 받았어."라는 그녀의 살짝 떨리는 목소리가 낯
설게 느껴졌다.

오래전부터 내 전화번호는 그대로인데 서○○의 전화번호는 바뀌어 있었다. 잊고 지낸 이름과 목소리라 하더라도, 잘못 눌렀다는 말에 나도 썩 반가움이 앞서지 않았다. 그녀는 몇 년 전, 몹시 아파서 죽음 직전까지 갔다 왔다는 말로 자신의 안부를 늘어놓더니, 내게 묻고 싶은 것이 많았나 보다. 내 가족의 안부를 묻고 내 모습이 얼마나 변해 있을까와 무엇을 하고 지내는지 등등을 속사포 쏘듯 했다.

아주 오래전, 내가 메리놀 병원 근처에서 약국 할 때다. 약국에 들어선 그녀는 내 눈썹이 새카맣고 예쁘다며 말을 걸어왔다. '고향이 어디냐'기에 '서울'이라고 하자 자기는 '인천'이라며 나이를 묻고는 친구하자고 했다. 나는 그때까지도 부산지역이 서먹했고 친구들도 다 서울에 있는지라 그러자고 했다. 그렇게 서○○와는 사회에서 만난 친구가 되었다.

그녀는 사업하는 자기 남편의 일을 거들었다. 식구라고는 두 사람, 부부뿐이다. 그 집 남편은 일주일이면 외국으로 출장 가는 날이 절반이다. 아무도 없는 집에 일찍 들어가는 것이 싫다며 남는 시간을 주체하지 못한 그녀다. 반면, 나는 약국 아니면 집을 하루에 두 번씩 오가야 했으니 수업 시간표처럼 꼭 짜인 일상이다.

어느 날, 서○○가 말했다. 영화도 보고 쇼핑도 하고 밤에는 자기 차를 타고 도심 밖으로 드라이브를 가잔다. 나는 그녀 말에 응했다. 그런데 뱁새가 황새 따라가려면, 다리가 찢어진다는 속담이 내게 딱 들어맞았다. 서○○는 매일 매일 챙겨야 할 가족이 없다. 하지만, 내 경우는 시어머니까지 가족들이 먹을 식사 준비 및 아이 숙제와 준비물을 확인해야 했다. 또, 다음 날 아침준비를 해놔야 약국 문을 열거나 새벽 봉사하러 가는 손길이 덜 바빴다. 당시 나는 일주일에 세 번, 교회에서 노숙자들 밥해 주는 봉사활동을 했다. 그러니 친구 따라 강남 갈 일이 아니었다.

그녀는 두 식구 먹는 음식이 남아돌아서 버린다고 했다. 남편 옷과 자기 옷도 전부 명품인데 작거나 유행이 지나 엊그제도 몇 보따리를 내버렸다는 거다. 나는 봉사활동 하는 곳을 떠올려, 음식이 많다 싶으면 나눔 해 달라. 옷도 무조건 버리지 말고 연락을 달라. 그러면 내가 차를 갖고 서○○ 집으로 가겠다고 했지만, 그녀는 내 말에 일도 관심을 기울이지 않았다.

서○○는 결혼해서 방 하나 부엌 하나 있는 단칸방에서 살림을 시작했단다. 어느 날 밤, 부엌에 받아 놓은 수돗물이 퐁퐁 샘솟는 꿈을 꾼 후로 남편의 사업이

승승장구했다는 거다. 그리고 얼마 지나지 않아 땅을 사고 집을 샀다며 부동산이 늘어나는 이야기를 좀 유별나게 하면서 돈하고 관련된 일에 퍽 예민하게 반응했다.

그즈음, 나는 사직동에 좀 규모 있는 약국을 인수했다. 약사 외에 직원을 두고 경영했으므로 나름 바빴다. 또 내 아이가 막 중학교에 입학한 후라 약국이 있는 동네 엄마들이나 학원 원장과 가깝게 지냈다. 서○○와는 물리적 심리적 거리감이 생겼다. 그렇게 그녀와는 만난 적도 없는 사람처럼 되어버렸다. 그 후, 십오 년이 흘렀다. 그녀와 내가 친구하자며 만났을 때보다 곱절의 시간이 훨씬 지나 연락이 온 것이다. 그랬다. 우리는 분명 같은 시간을 살아가고 있었다. 그런데 그녀는 잠깐 통화하는 자리에서 예전의 그녀다운 자랑으로 폭풍 수다다.

"나 해운대로 이사했어."

"전에 살던 H 아파트는?"

"안 팔렸는데 그냥 놔두고 이사했어."

"……."

"해운대 주상복합 칠십 평 K 아파트를 벌써 사놓았어. 비워놓고 있으면서 관리비만 백만 원씩 나가니 아깝잖아.”

“네 남편은 지금도 외국 갔다 왔다 해?”

“응! 여전히 사업도 잘돼. 나는 예전처럼 남편 회사에 매일 안 가고 어쩌다 한 번씩 가곤 해.”

“왜?”

“해운대서 초밥집과 제과점을 내 이름으로 등록해서 하고 있어.”

그리움이란 것이 절절하게 뜨거운 마음인 줄 알았는데, 쓸쓸하니 가슴 저릿했다. ‘가끔 이렇게 연락하자. 아프지 말고 잘 지내, 그래야 오래 보지. 혹은, 그냥 생각이 나서’라고만 했어도 느낌은 좀 달랐을 거다. 다른 사람한테 전화한다는 것이 내 이름자 끝 자와 다른 줄 모르고 눌렀다는, 이 한마디의 의미를 나는 기억하고 싶지 않은, 이름처럼 말하는 듯해서 좀 언짢다는 생각이 들었다.

어느 노파

오래된 주택가 골목길은 조용했다. 계절이 바뀔 때마다 뺨에 와 닿는 바람의 변화 외에 이렇다 할 풍경이라곤 없어 보였다. 아! 빼놓을 수 없는 한 가지를 들라면, 몇몇 집 대문 옆에 놓인 화분이다. 그곳에서 피고 지는 꽃들이, 웃음과 쓸쓸함을 선사해주는 것 말고는 달리 두드러진 점이 없었다.

그 길 위에서 나는 뭐에 홀린 듯 한참 시선을 떼지 못했다. 학교 담을 끼고 키 큰 나무들 사이로 어떤 물체가 움직이는 것 같아 살금살금 다가갔다. 고양이나 끈 풀린 강아지의 움직임이려니 했는데 사람이다. 한 할머니가 쪼그리고 앉아 떨어진 나뭇잎을 쓸고 있다. 그것도 자기 집 안방 청소하듯 아주 꼼꼼한 비질이다.

그녀는 좁은 문을 향해 끝없이 놓인 계단 위를 한 걸음 한 걸음 옮겨 놓듯 '쓰윽 쓱, 싸악 싹' 힘차게 쓸고 또 쓸었다. 몽당빗자루로 쉼 없이 비질하는 할머니에게서 신선한 고마움이 느껴졌다. 간혹 자기 집 쓰레기를 아무렇지 않게 눈속임해서 던지거나 내놓는 사람들이 있는 세상에, 골목 청소하는 할머니를 만났으니 기분 좋은 아침이다.

할머니는 누군가 먹고 버린 과자봉지와 굴러다니는 쓰레기를 쓸어 모았다. 음료 캔만 따로 모아놓기도 했다. 아마도 빈 캔은 고물상에 내다 팔려나 보다. 또 학교 담벼락에는, 먹다 남은 커피가 담긴 플라스틱 컵이 아슬아슬하게 놓여있다. 그것까지 발돋움해서 내리는 행동이, 차근차근한 말투와 말의 높낮이 같아 보였다. 새들이 하룻밤을 묵었을 플라타너스, 나무 아래에도 떨어진 나뭇잎들로 소복하다. 할머니는 굽은 허리를 더욱 구부려서 고인 물을 퍼내듯 쓰레기를 줍거나 쓸었다. 어찌나 말끔하게 정리하는지 간만에 가슴속을 채워주는 따뜻한 드라마를 보는 것 같았다.

작은 체구의 노인에게서 살아온 세월의 흔적이 느껴졌다. 할머니 얼굴엔 굵은 주름살까지 가득했다. 기역자로 굽은 등과 험한 일을 마다하지 않은 뼈마디 굵어진 손길이 지나간 자리엔 티 검불 하나 없다. 이제 막 시멘트를 발라놓은 것처럼 반들반들하다. 할머니가 청소하는 모습을 한참 지켜보다가 아침 운동으로 저 멀리 이웃 동네까지 한 바퀴를 돌고서야 내가 사는 아파트 입구에 도착했다. 그런데 아파트 입구에 작은 쓰레기 더미가 보였다. 그걸 또 행인들이 발로 찬, 흔적까지 또렷했다. 나는 '몹쓸 사람 같으니라고 쓰레기를 왜 남의 아파트 입구에 버렸단 말인가?' 하고 구시렁댔다.

　내가 살고 있는 아파트는 주상복합 건물이다. 출입구도 A부터 D까지 네 곳이나 된다. 쓰레기가 버려진 곳은 C 출입구에서 가까운 곳이다. 이쪽으로는 아파트 주민들을 위해 마련된 쓰레기 분리수거장이 있다. 사람이 지나다니는 인도가 있고, 일반 2차선 길이라 이삿짐과 택배 차량이 지나거나 머물기도 하는 구역이다.

　저쪽에서는 할머니가 허리가 아프도록 쓰레질을 하는데 다른 한쪽에는 일부러 갖다버린 쓰레기더미라니…. 나는 비질하던 할머니가 어떤 사람과 이야기 나누는 모습을 발견하고 성큼성큼 다가갔다.

　"수고 하십니다. 그런데 저쪽 아파트 입구에 누가 쓰레기를 갖다 버린 것 같아요." 할머니에게 고자질하듯 말했다.

　"그거 내가 버렸어!"

　"네? 아니 왜요?"

　나는 놀라서 물었다.

　"내가 이만큼 쓸었으니까, 나머지는 경비원이 봉투에 담아 치워야 할 것 아냐?" 그녀의 당당한 주장에 나는 더 이상 할 말을 잊었다. 분명한 것은 '할머니네 집 앞이고, 초등학교 주변을 그녀가 청소한 것은 사실이다. 누가 시켜서 한 일이 아니다. 노인이 좋아서 하는 일이다 싶어 '요즘 보기 드문 어른'이라고 생각했다. 그런데 기껏 쓸어 모은 쓰레기를 이웃해 있는 아파트 입구에 갖다 버리는 심사는 뭐란 말인가?

물론, 두 얼굴을 가진 노파의 심술을 아파트 경비원이 치울 것이다. 하지만, 사람들이 발로 차거나 바람에라도 날리면 할머니가 애쓴 것이 소용없게 된다는 것을, 그녀는 진정 몰라서 그랬을까? 할머니의 부지런함이 빚어낸 행동에 나는 그만 씁쓰레한 기분을 떨쳐내느라 애썼다.

낮에 만난 할머니는, 빈 음료 캔이 가득 담긴, 커다란 자루를 손수레에 얹어 어딘가로 바쁘게 가고 있다. 기역자로 굽은 등이 어떤 힘듦에도 아랑곳하지 않겠다는 모습이다. 그날 이후로 나는, 내 집 앞만 깨끗하면 된다는 원칙을 철저하게 지키고 있는, 할머니를 주의해서 살펴보는 버릇이 생겼다.

언젠가 또

　20년 1월부터 코로나19가 퍼지기 시작했다. 생각도 못 했던 전염병이 돈 지, 어느새 반년이 되도록 닫혀 있는 창문 앞에서 제자리를 맴도는 날들이다. 그나마 바다가 가까이 있어 서너 번 해변 길을 잠시 다녀오는 것으로 휴가 계획을 대신했다. 그즈음 선배에게서 가볼 만한 휴가지를 생각해 두자는 안부 전화가 왔다. 그 후 여행하기 좋은 날을 잡는데 무척 망설였다. 같이 떠날 일행들과 여러 번 의견을 모으고서야 7월 말을 기해 2박 3일의 날을 잡았다.

　포항에서 출발하는 배를 타고 우리나라의 보배 같은 섬을 향해 뱃길 4시간을 달려 사동항에 닿았다. 이미 도착해 북적거리는 관광객들의 모습만으로는 특별히 코로나 해제구역처럼 보였다. 40년 만에 다시 찾은 곳이다. 울릉도에서 가장 높은 건물로는 8층짜리 아파트다. 아직 대도시처럼 변화하지 않은 곳이라서 나는 공백을 느끼지 않았다. 제대로 여행 왔다는 기분이다.

　울릉도를 가게 되면, 꼭 먹어봐야 할 음식이라고 해서 맛집을 알아 왔다. 진하고 신선한 맛이 최고라는 '오징어 내장탕'과 '따개비 국수'다. 중국 어선의 싹쓸

이로 잡히지 않는다는 오징어 내장은 어디서 났을까? 미리 알아 온 맛집이 사실 현지인은 찾지 않는 가게라는 걸 알았으니, 나는 어쩔 수 없는 나그네라는 걸 실감했다.

저녁 식사 후 도동항 해안 산책로를 거닐었다. 항구를 따라 늘어선 가로등과 건물의 불빛들이 반짝인다. 그 빛들은 바닷물에 반사되어 환상적인 분위기를 자아냈다. 뛰어나게 아름다운 야경에 연방 감탄사가 터져 나왔다. 저 멀리 오징어 배들의 불빛은 신도시를 방불케 했다. 깜깜한 바다와 밤하늘이 서로 만나고 있으니 지금 여기서만 볼 수 있는 진풍경이 아닐까 싶다.

울릉도는 섬이 작아 한 바퀴 일주하는 데 그다지 오래 걸리지 않았다. 만보를 거뜬하게 걸을 수 있는 힘만 있다면 누구나 가능한 여행지다. 나를 비롯해 대부분의 사람이 시간 여유 없이 와서인지 걷는 이가 없다. 다만 일주도로를 도는 자동차만이 다람쥐 쳇바퀴 돌리듯 할 뿐이다. 안내하는 셔틀버스 기사의 이어지는 설명도 가관이다. 울릉도의 대표적인 관광지, 나리분지를 비롯해 향나무 자생지와 봉래폭포 등, 여러 명소와 토산물 종류를 읊어댄다. 그 모습이 꼭 관광 지도를 펼쳐보는 것 같이, 사람을 통해 안내받자니 조선의 지리학자 김정호를 만난 것 같았다.

새벽녘에 일어나서 바다와 절벽이 어우러진 행남 산책로를 걸었다. 바위 틈새를 비집고 얼굴을 내민, 해풍에 간들거리는 꽃과 풀들에게 인사말을 했다. 서서히 동이 타오르는 아침 풍경이 마음을 벅차오르게 한다. 내가 지금 바라보고 있는 뛰어난 경치의 이곳을, 오래 전부터 이 땅에 살아온 선조들도 마주했을 거다. 그 업보의 시간과 삶이 지질층에 켜켜이 아로새겨져 지금의 모양을 나타내고 있는 듯했다.

짙푸른 바다는 깊게 출렁였다. 연신 철퍼덕거리는 소리를 들으며 좁은 길을 걷노라니 적당한 담력이 필요했다. 새들도 날개를 활짝 펼친 채 바람에 실려 하늘을 떠다닌다. 등대를 바라보며 걸어가는 건, 마치 구름 위를 둥실 떠가는 느낌까지 들었다. 항으로 접근하는 작은 배들에게 길 안내를 해주는 등대는, 저 만큼에서 아장아장 걸어오는 아기 손을 잡아주기 위해 기다리는 엄마 같아 보였다.

손바닥만 한 크기의 태극기를 사 들고 배에 올랐다. 울릉도에서 동남쪽으로 뱃길 따라 87Km, 저 멀리 수평선 너머로 작은 점이 보였다. 모든 것이 흔들리는 바다 위에서 절대 움직이지 않는 점이다. 점은 곧 둘이 되고 셋이 되었다가 선이 되어 수평선 위로 점점 솟아올랐다. 선배가 소리 높여 말했다.

"독도다!"

바다 날씨가 받쳐 주지 않으면 독도 항에 배를 대기 힘들다. 오죽하면 일 년, 365일 중 50여 일 정도만이 방문 가능할 정도요, 삼대三代가 덕을 쌓아야 입항할 수 있다는 말이 생겨났겠는가. 독도에 도착해 배에서 내리는데 가슴이 뭉클해서 눈물이 날 뻔했다. 이곳을 지키는 군인들에게 따로 준비해온 간식거리를 전달했다.

여행객들에게 주어진 시간은 고작 20여 분이다. 그 시간을 놓칠세라 대한민국 동쪽 땅끝에 내 발자국을 꽝! 꽝! 꽝! 찍었다. 태극기를 흔들며 '독도는 우리 땅!'을 외쳤다. 인증 샷을 찍는 우리들 머리 위로 갈매기의 여유로운 날갯짓이 평화롭다.

여행지에서 돌아와, 20대 초반에 울릉도 다녀온 사진을 꺼내 보았다. 다시 가 볼 수 있을까 생각했던 곳을 다녀온 감회가 새롭다. 여행 계획을 세우고 예약을 하고 떠날 준비를 하면서, 일상의 고단함을 잊고 잠깐 잠깐 설레던, 어제가 벌써 그립다. 마음만 먹으면 언제든 떠날 수 있는 것이 아니라는, 쓸쓸한 자각과 함께

여행이 소중하다는 생각이다. 언젠가는 또 마음껏 떠
나 볼 수 있는 날이 올까? 나는 조용히 사진첩을 접었
다.

초보 노인

2023년 11월28일 오후 다섯 시 막 넘는 시간에 전화벨이 울렸다. 발신자 표시는 NPS 국민연금이다. NPS 국민연금? 혹시, 보이스피싱? 뭐지? 몇 번의 울림이 계속되고서야 휴대폰의 통화버튼을 오른쪽으로 밀었다.

"여보세요. 김명애님 이세요?"

"네에, 누구 …."

"만 65세 도래해서 기초연금 신청 안내 차 연락드렸습니다."

쉬지 않고 흐르는 시간은 젊은이였던 사람들이 노인이 되도록 해주었다. 이제 사회적 노인이 되는 나이가 되었으니 어르신임을 인정하고 노인의 대열에 끼라는 친절한 알림이다.

나는 겉치레에 머무르기 마련인 유행을 따르기보다, 내면을 소중하게 여기고 가꿔가는 마음가짐으로, 우아하게 나이 들고 싶었다. 그런데 이제 와 생각해보니 머릿속에 그리다 만 그림으로 남아있을 뿐이다. 그나마 평소 바른 자세, 바른 걸음걸이로 걷기 운동을 지속적으로 해오는 것이 다였다.

적어도 여든은 되어야 늙었다고 생각할 나이 아닌가? 아직 집단적인 보호나 어설픈 배려를 받을 나이가 아니다. 내 경우, 염색하지 않은 회갈색 머리칼이 나이를 들었다 놓았다 하는 것 외엔 아무리 보아도 숫자상의 노인일 뿐이다. 어르신이라는 사회적 테두리 속에 갇히고 싶지 않다. 그런데, 몸이 점점 쇠락해지는 나이에 진입했으니 어김없이 나라에서 어른 대우해주는 것을 묵묵히 받아들이란다.

요즘 뉴스를 보더라도, 주택 구입에 있어 해당 대출자는 이삼 십 대가 아닌, 육십 대 가구라 한다. 아이러니하게도 60대가 신혼 특례 보금자리 론을 받아 가는 현실에, 육십 대를 노인이라고 할 수 있는지. 사회적 고정관념이 진짜 늙기도 전에 상노인 취급을 하는 것 같아 기분이 씁쓸하다.

이틀 후, 우편함 속에 새로운 우편물이 담겼다. 뜯고 말 것도 없이 열려있는 봉투 속 종이를 꺼냈다. 동사무소에서 만 육십 오세 되는 사람들에게 일괄 발송한 거였다. '만 65세 생신을 축하드립니다! 기초연금 신청하세요.'

만감이 교차했다. 기초연금, 약간의 도움은 되겠지만 수명이 길어진 요즘, 국가에서 지급하는 연금으로 노년 생활은 불가능하다. 앞으로 점점 노인인 구는 늘어나고 4차 산업, AI 자동화로 일자리가 사라지는 세상이다. 젊은이들이 돈 벌 곳이 없다. 그러다 보면 돈을 낼 사람도 나올 돈도 없지 않을까 앞 선 걱정을 해본다.

육십 세 이상의 고령자라도 능력만 된다면, 나이와 상관없이 경력을 살릴 수 있는 환경을 만들어 줘야 한다는 생각이다. 일의 종류와 상황에 따라 인력과 임금을 조정하는, 노동유연성을 확보해서 노인이 일자리를 얻을 수 있는 기회를 주어야 한다. 대다수 노인에게 가장 중요한 것은, 조금 낮은 금액이라도 꾸준한 수입과 일자리다. 꼭 돈을 벌기뿐만이 아니라 자기에 대한 절제와 통제 수단으로 정신건강에도 좋을 것이다. 선진국에선 75세까지는 영 올드(Young Old)니 현역으로 뛰어야 한다는 주장이 있다.

이제 나는 누가 뭐래도 지공세대니 지하철을 무료로 이용하란다. 툭하면, 노년층 무임승차 제도로 운영적자라면서, 노인들을 곱지 않게 바라보는 눈길들이 얼마나 많은가. 그런 눈치와 소리를 들으면서, 공짜 지하철을 이용하자니 아무리 공짜라도 썩 반갑지만은 않다. 앞으로 복권을 자주 사야 할까 보다. 혹여 운수 좋게 당첨되면, 제일 먼저 지하철 공사에 대한민국 노인을 대표해서 기부라도 하고 싶다는 오기를 부려본다.

우편물 용지에는 또 이렇게 적혀 있었다. 환경지킴이나 노노 케어 등, 활동할 수 있는 싸구려 일자리에도 지원할 수 있다. 틀니나 임플란트 치료 지원과 노인 장기요양보험 제도를 이용할 수 있다고 했다. 각종 복지 혜택으로 혹시 모를 요양병원에 입원하게 될 때도 지원 혜택을 준다는 내용이다.

내 생각엔, 초보 노인 대열에 끼우기 전, 우아하게 나이 드는 비결, 아름답게 늙어가는 지혜를 알려주면 좋겠다. 외모가 늙어가는 것에 걱정하기보다는 내면을 가꿔가며 자신을 소중하게 생각하는 노인, 품격 있는 마음가짐을 갖추는 노인 되기라는 프로그램이면 어떨까 싶다. 각자가 가진 재능과 적성에 맞는 일자리로 죽는 날까지 일거리가 있다는 것을 최고의 행복이라고 생각할 수 있도록 말이다.

이제 국가의 방침대로 사회적 늙은이의 굴레에 완전히 갇힐 날도 보름 남았다. 발버둥 쳐봐도 돌이킬 수 없는, 만 나이 육십 오세다. 적어도 좀, 독특한 노년이

되고자 먼저 아름답게 늙어가는 지혜를 길러야겠다고
다짐해 본다. 항상 기쁜 마음으로 감사기도를 하리라.
남이 무엇인가 해 줄 것을 기대하지 말고 무슨 일이든
내 힘으로 해 버릇하리라.

　나는 오늘도 도서관을 찾는 행복한 초보 노인이다!

제3부

저 구름

단어의 집

-안희연 작 「잔나비걸상」(산문집 『단어의 집』 수록)을 읽고-

주변에 흩뿌려진 단어들을 줍는다. 책 속의 문장이나 영화의 한 장면에서 발견한 단어들이 시인의 시각으로 재탄생 된다고 했으니 대단히 시적이다.

작가는, 책 안에는 마흔다섯 개의 단어가 복작대며 사는 다정한 집이라고 의미를 부여했다. 내가 아는 단어들이 거의 없다. 하나같이 낯설다. 일부러 낯선 단어들만을 모았다는 작가야말로, 그것으로 오묘한 조화를 만들어내고 있다. 그러기까지 얼마나 많은 창작의 고통이 있었을까. 게다가 이 책에서만큼은 '단어 생활자'로 불리고 싶다는, 바람 역시 나비가 이 꽃에서 저 꽃으로 흘러 다니는 모습처럼 보였다.

1부에 나오는, 성냥갑에 딱 하나 남은 성냥 같은 말들 속에 '잔나비걸상'이 눈에 띄었다. 그 단어에 밑줄을 그으며 별별 상상을 해봤다. 원숭이를 옛말로 '납'이라 불렀다. 잔망하다는 뜻의 접두어 '잔'이 붙어 잔나비로 불렸다는 사전적 의미다. 걸상은 의자라는 말을 합쳐 풀이하면, 원숭이 의자, 원숭이가 앉았다 가는 의자로 해석이 된다.

잔나비걸상이란 이름을 가진, 담자균류 민주름버섯목은 불로초과의 버섯이라고 시인이 먼저 독자의 궁금증을 해소해 주었다. 책을 읽다 말고 인터넷 사이트를 열어 버섯의 생김새를 확인했다. 생긴 게 의자처럼 판판했다. 이름부터 희한하다고 여겼는데 거기에 불로초란다. 사람들은 불로초라면 사족을 못 쓴다. 진시황만 해도 더 오래 살아보겠다고 모기 눈알까지 먹으면서 불사 불로를 외쳤지만, 49세 나이로 짧은 생을 마감했다.(모기는 진시황에게 못다 한 보복이라도 하려는 거였을까. 하세월이 지나도록 영악스럽게 앵앵거리며 피한 방울을 탐하려고 다가오니까.)

시인의 눈에 단순한 글자 이상으로 짐작된 '무족(발 없는) 영원'이라는 게 있다. 보통 낙엽 밑이나 땅속에 살지만, 다리도 발도 없이 땅 위를 기어 다니는 양서류다. 눈도 퇴화하여 겨우 빛 정도만 구분할 수 있다. 대신 콧구멍과 눈 사이에 감각기가 있어 미각과 촉각은 대단히 민감하다. 그 어둠과의 감응을 '무족영원의 순간'이라고 이름 붙인 시인의 통찰력이 놀랍다.

이름은 대체로 사물을 통해 물체가 지닌 특성을 잘 살려내면서도 그것과는 다르거나 상관없는 말로 대체

하여 간접적이며 암시적으로 나타냈다. 자신의 감정을 모양과 형태로 묘사해 독자들이 흥미를 느낄 수 있도록 한 비유와 이미지는 역시 시인만이 가질 수 있는 발상이 아닐는지.

세계 공통으로 사용하는 생물의 이름이 담겨있는 『정원사를 위한 라틴어 수업』을 살펴본 시인은 이렇게 말했다. 색과 형태, 크기와 향기, 서식지 등에 따라 제각기 다르게 조합되는 이름들을 따라 읽다 보면 영원히 이해할 수 없을 것 같던 세상의 비밀을 잠깐이나마 훔쳐본 기분이 든다고 했다.

이름의 비밀은 무엇일까? '심장 모양의 식물'이 세상에 존재하듯이 '심장 모양의 시'라는 것도 존재했으면 하고 바라는 시인의 무한한 상상력은 끝이 어딜까? 어떤 연유에서 그와 같은 이름을 갖게 되었는지에 대해 관련된 책과 식물의 생김새와 색깔을 통해 현미경을 들여다보듯 했다. 꼬리에 꼬리를 무는 생각들, 솜털이 있는가? 가시가 있는가, 혹은 아무것도 없이 매끄러운가에 따라서도 다른 이름이 붙는다고 했다. 그랬다. 이름을 부여받는 것은 다채롭고 세세한 변별을 통해 얻게 되는 것이었다. 세상 어떤 이름도 함부로 붙여지지 않는다는 사실을.

『단어의 집』을 읽는 동안, 마치 감성의 꽃이 화사하게 핀 정원으로 들어선 느낌을 받았다. 꽃무리를 떠나도 한동안 먹먹하도록 향기가 채워져 있는 곳, 대상이 기억나지 않더라도 이름의 잔상이 남아있는 언어의 수목원, 이 책이야말로 저자의 시적, 산문 세계다.

잔나비걸상을 읽으면서 나는 엄마를 떠올렸다. 엄마 이름은 오의자다. 한자로는 옳을 의(義), 아들 자(子), 영어로는 체어(chair)다. 성과 이름자를 합치면 'oh, chair'가 되려나? 외할아버지는, 엄마가 살아가면서 이름자를 밝혀야 할 때, 놀림감이 될 거라는 생각을 못 하셨나보다. 아니면 인생이 잘 풀려서 의장석에 앉으라는 바람이었을까? 두 분이 살아계신다면 꼭 물어보고 싶은 엄마 이름자다.

내가 어렸을 때의 기억을 더듬어보면, 부모님은 원숭이띠인 오빠를 줄곧 잔나비 띠라고 하셨다. 그러고 보니 내 집에는 이미 잔나비걸상이 있었다는 얘기가 된다. 즉, 엄마는 의자요, 오빠는 잔나비 띠니 『단어의 집』 '잔나비걸상'에 나와야 할 적합한 인물이라 설정하고 나는 이 글을 읽고 또 읽었다.

이런저런 추측을 하고 의미를 부여해보더라도 세상 모든 이름이 신기하다. 체계가 있든 없든, 설명이 가능하든 불가능하든, 세상에 존재하는 모든 이름은 그 자신의 비밀을 품기 위해 존재하는 게 아닐까, 아무려나 신기하다.

시적인 해석, 일상의 상황에 대한 단어를 통해 삶을 들여다볼 수 있는, 여유를 주는 책, 나도 이런 식의 글을 써보고 싶다.

고구마를 꾸역꾸역 삼킨 것처럼

한 남자가 맨해튼의 마천루 높은 층에 있는 사무실에서 일하고 있었다. 그때 갑자기 하나뿐인, 형광등이 그만 나가버리고 말았다. 매번 건물 관리인을 부르기가 번거로웠던 남자는 직접 형광등을 사서 갈았다. 망가진 형광등을 버려야 하는데 너무 길어서 사무실 쓰레기통에 들어가지 않았다. 억지로 넣었다가 건물 미화원에게 들키면…, 이러지도 저러지도 못하던 그는 퇴근길에 길가의 커다란 쓰레기통에 버리기로 작정했다.

남자는 지하철역에 도착할 때까지 쓰레기 수거함을 찾지 못했다. 어쩔 수 없이 그는 비좁은 지하철 안에서 덜 방해되도록 최대한 형광등을 '깃대'처럼 바로 세워 들고 지하철을 탔다. 가는 동안 다른 승객들이 계속 탔다. 빈자리가 없자 사람들이 지하철에 달린 기둥인 줄 착각하고 형광등을 붙잡았다. 남자가 내려야 할 역에 도착했을 무렵에도 몇몇 사람은 여전히 형광등을 붙잡고 있어서 남자는 손을 놓고 재빨리 지하철에서 내렸다.

<도시 전설의 모든 것 / 얀 해럴드 부룬반드> 에는 실화에 바탕을 둔 것도 있고 실화지만 과장된 것도 있

다고 한다. 사람들에게는 늘 다른 사람한테 아주 강렬한 이야기를 전해주고 싶은 욕망이 있다. 그런데 사람들은 그 이야기가 진짜인지 가짜인지 확인하는 3분의 시간조차 투자하기 싫어하기 때문에 이런 얘기가 퍼지고 있다는 거다.

어느 초겨울 날이다. 빨래거리가 잔뜩 담겨 있는 바구니를 세탁실로 옮겼다. 나는 가족들이 벗어둔, 옷의 주머니 속이나 뒤집어진 양말을 정리하지 않고 그대로 세탁기에 넣는다. 세탁물이 마른 후, 빨래를 개면서 해도 될 일을 세탁 전에 일일이 만지는 것이 싫어서다.

그날도 평소 습관처럼 고무장갑을 끼고 잡히는 대로 빨래를 세탁기 속으로 집어넣었다. 오십 분쯤 지나 빨래가 다 되었다는 신호음이 들렸다. 나는 세탁기 앞으로 갔다. 그런데 드럼세탁기 유리문에 갈색의 작은 조각들이 수없이 붙어 있다.

세탁기 유리문에 눈을 고정시킨 나는 서서히 무릎을 굽히며 쪼그리고 앉았다. 유리문 안쪽에 붙어 있는 물체를 유심히 살폈다. 작은 벌레 같기도, 참깨가 들러붙어 있는 것 같기도 하다. '도대체 뭐지.' 조심스럽게 세탁기 손잡이를 당겼다. 내 집 세탁기는 건조기능이 없다. 탈수가 된, 그러나 아직 물기 있는 옷가지 하나를 꺼내 들고 탁탁 털었다. 무엇인지 모를 조각은 떨어지지 않았다. 절대 떨어질 수 없다는 듯 모든 빨래에 다닥다닥 붙어 있다. 하나하나 손으로 떼어야 할 판이다.

나는 십 킬로그램 세탁기에서 꺼낸 빨래를 낑낑대며 욕실로 옮겼다. 큰 플라스틱 대야에 수돗물을 틀어 놓고 빨래 하나하나를 헹구기 시작했다. 해도 해도 끝이 없을 것 같은 일을 하고 있자니 그새 팔다리와 허리가 아파왔다. 스멀스멀 짜증도 밀려왔다. 마지막으로 남편 바지를 헹굴 때였다. 종이인지 비닐 같기도 한, 엄지손가락 한 마디 크기의 네모난 것이 두둥실 떠올랐다. 나는 후딱 고무장갑을 벗어 던졌다. 엄지와 검지를 이용해 재빠르게 물체를 건져 올렸다. 요리조리 살피며 한참을 들여다보았다.

'이 인간! 들어오기만 해봐라.' 나는 옆에 있는 남편을 꼬집듯 빨래를 힘껏 비틀어 짰다. 다시 세탁기로 옮기려면 어느 정도 물기를 제거해야 했다. 잠시 후, 현관문 열리는 소리가 났다. 남편이다. 어쩐 일로 오늘따라 일찍 들어온다.

"아니, 담배꽁초를 왜 주머니에 넣고 다녀?"

나는 남편을 기다렸다는 듯 욕실 문을 빼꼼 열고 냅

다 소리부터 질렀다.

"당신이 그러라고 했잖아."

"내가 언제?"

"길에 함부로 담배꽁초 버린 사람들을 탓하며 제발 나만은 그러지 말라고 했잖아."

"……."

"담배꽁초 버릴 곳을 찾지 못하면 차라리 주머니에 넣었다가 집에 갖고 와서 버리라며!"

남편은 내가 시킨 대로 했는데 어쩌란 말이냐다. 나는 속이 부글부글 끓어올랐다. 그렇다고 플라스틱 담배꽁초를 몇 개씩이나 주머니에 넣어두다니…, 나는 욕실 문을 닫고 중얼거렸다. '웃기시네. 언제부터 내 말을 그렇게 잘 들었다는 거야. 주머니에 넣어 갖고 왔으면 제대로 쓰레기통에 버렸어야지. 왜 사람을 이 고생시켜.'

길을 걷다 보면, 골목이나 길거리에서 담배를 피우는 사람들을 많이 보게 된다. 대부분의 사람들은 담배를 피운 후, 당연한 듯 꽁초를 아무 곳에나 버린다. 거기에 또 더럽게 침은 얼마나 찍찍 뱉어대는지….

엊그제는, 어떤 사람이 건물 근처 하수구에 불붙은 담배꽁초를 버렸다는 기사를 보았다. 낙엽 등에 불이 붙은 불길이, 인근 건물 주차장에 있던 차량에까지 번졌다. 다행히 주변 사람들이 119에 신고해 불을 껐다. 그 사람이 담뱃불을 끄지 않고 버린 것이 화근이었다. 내 남편은 이러지 않았지만, 그렇더라도 주머니에 담배꽁초를 넣어 둬서 오늘과 같은 사달을 만들었으니 도저히 참을 수 없다.

"여보, 내 말 좀 들어봐." 남편을 불러 세운 나는 불붙은 채, 담배꽁초를 버린 사람의 이야기를 비롯해 <지하철의 형광등 얘기>를 들려주었다. 그런 후 "아마 당신이라면, 지하철 안 사람들과 쌈박질 해서라도 형광등을 갖고 나왔을 거야. 그치? 제발 맨해튼의 남자처럼 요령을 갖고 세상을 살아보시지!"

남편은 겸연쩍게 웃으며 욕실의 빨래를 세탁기로 옮겨주겠단다. 나는 그이의 등에 대고 다시 한마디 했다. "고구마를 꾸역꾸역 삼킨 것처럼 답답하게 굴지 좀 마!"

반짝이는 별 하나를 찾아서

지난밤 쉽게 잠이 오지 않아 무척 애를 먹었다. 두 편의 동화를 마무리해서 숙제 검사받는 심정으로 글쓰기 단체 방에 올렸다. 얼마 후 원고를 읽은 강사가 빨간색 수신호 등을 몇 번 깜빡인 것이 눈앞에 어른거려서다.

'불필요한 묘사와 문장으로 수필이나 수기 같다.' '사람과 무생물이 직접 말을 주고받는 것은 작위적이다. 판타지로 들어가는 장치가 있어야 한다.' '소재가 낡고 안방 드라마 같다.' 그의 지적은 구절과 단락의 현장을 찾아다니며 어김없이 확인하는 기사처럼 송곳으로 찔러댔다. 그런 후, 공모전 응모작으로 미흡하다는 결과를 관인 찍듯 해서 보내왔다. 단숨에 한 번, 쓱 본 합평 아닌 혼자만의 평으로 막 자라나는 싹을 발로 뭉개버린 강사다.

동화 쓰기 강의를 신청하고 인사말을 끝낸 내게 강사는, '하예라씨는 수필가이니 동화도 잘 쓸 거다. 어려워하지 말라.' 칭찬인지 용기인지 모를 말을 듣고, 나는 가슴 저 밑바닥에 움츠리고 있는 자신감을 끌어올려 수업에 임했다. 책값 만 원을 받고 배포한, 강사가 만든 교재가 다일뿐이다. 거기엔 작가 또는 무명작가의 작품이 실려 있고 그것을 읽고 합평하는 정도의 단조로운 수업이다.

그는 강의 중에 동화와 수필을 비교하다 못해 깎아내리는 말을 자주 언급했다. '동화 공부하는 이들은 맑은 심성을 가진 동심으로 늙지 않는다. 또 매우 친절하고 서로를 잘 이끌어준다. 다른 장르는 먼저 공부한 이들이 나중에 입문한 사람을 반기지 않고 시기 질투한다.' '동화는 등단할 때 돈이 들지 않는다. 오히려 상금(돈)을 받는다. 하나 수필은 등단하려면 돈을 내야 한다. 그게 등단이냐? 돈을 내고 사는 거지.' 심한 사투리로 거침없이 쏟아내는 강사의 빠른 말투는, 띄어쓰기를 하지 않은 글 같았다.

한쪽으로 치우친 강사의 말에 나는 슬슬 배알이 뒤틀렸다. 동화 공부에 아무런 도움도 안 되는 뒷담화을 듣기 위해 수강료 내가며 앉아 있으려니 짜증이 났다. 자신이 선택한 동화만이 제일이라는 우쭐함에선지, 수필에 대한 선입견까지 갖고 있었다. 이럴 때 그의 모습은 다른 종교를 폄하하는 교주 같아 보였다.

재미있고 가벼운 이야기의 수업인 줄 알았다. 그런데 남의 이야기 무거운 이야기로 두 시간 수업 중 거의 한 시간을 허비하니 무척 지겹게 느껴졌다. 얼마든지 우리들의 이야기만으로 꽃피울 수 있는 시간이, 빼앗긴 들처럼 황량하다.

강사는 자신이 진행하는 동화 교실은 한두 해로 끝나는 단기 강좌가 아니라고 했다. 5년 이상 배운 사람들이 수두룩하다면서 정작 동화 쓰는데 제대로 된 이론을 가르쳐주지 않았다. 동화 작가 지망생을 위한 도움말이라든지, 판타지를 잘 쓰기 위해서는 무엇을 공부해야 하는지, 6개월을 공부하는 동안 체계적 학습이 이루어지지 않았다. 소재 선택 및 구성의 중요성 등 동화 창작에 있어 기본적인 배경 설명도 없다. 단지 갈등이 있어야 한다는 점만을 매번 강조했다.

동화 공부를 먼저 시작한, 등단 작가가 나를 위로하는 긴 글을 보내왔다. 그리고 얼마 후, 잘 된 문장 한 곳 없다고 혹평을 했던 강사가 무슨 마음에서인지 문자를 보내왔다. '서툰 글이라도 자꾸 써야 는다. 당차게 또 도전하기를 바란다. 주저앉지 마라. 정채봉 선생은 습작 원고를 집어던지며 동화를 우습게 알면, 안된다고 야단쳤다. 자신은 그러지는 않았으니 이해하기 바란다.'는 내용이다.

문자대로라면 내가 동화를 우습게 알았다는 말로 들

렸다. 게다가 면대면 수업이었다면, 기어이 응모원고를 내던지고도 남았을 그였다. 적어도 내가 바라는 것은 이런 문자가 아니었다. 모든 것에 공감을 확보할 수 있는 글을 쓸 수 있도록 방향을 제시해 주었더라면, 내 마음이 한결 가벼웠을 거다. 그러지 않은 강사가 못내 서운했다. 또 내가 엄청난 실수를 한 것처럼 느껴져 동화 쓰기를 계속해야 할지 말아야 할지로 한동안 머릿속 스텝이 엉켰다.

공중 나는 낯선 새 한 마리의 노랫소리만으로도 이야기는, 무궁무진할 것이다. 조그만 이야기들이 오갈 때 이야기는 생겨난다. 계절의 정취와 동네의 정서와, 책의 서정과 사람들의 대화가 스민 이야기를 나누는 가운데, 영감을 얻고 괜찮은 작품 만들기에도 시간이 그리 많지 않거늘, 답답하고 무거운 이야기로 지루한 시간을 보내고서 종강이다.

나는 모처럼 개인 밤하늘에서 유난히 반짝이는 별 하나 찾아내어, 마음속에 감추어 둔 속상한 일을 일러바쳤다.

담배 피우는데 잘 어울릴 손?

젊어서는 손가락이 가늘고 길어 피아노를 잘 치겠다는 말을 자주 들었다. 손톱 또한 여태껏 관리 한 번, 받지 않았어도 고른 치아처럼 가지런하다. 그랬던 손마디가 지금은 옹이 박힌 듯 굵어졌다. 손등엔 파란 힘줄도 내비치고 있다.

결혼해 부산 내려와 살면서 등공예를 배우러 갔었다. 내 손을 본 강사가 단도직입적으로 말했다. '그 손으로 무얼 하겠느냐'며 고개를 가로저었다. 두 꼬집의 살도 안 되는 피부가 감싸고 있는 여린 손이라지만, 장인匠人의 자질이 깃들어 있는 내 손을 몰라보는 것 같아 야속했다.

나는 손에 힘이 없다 보니 툭하면 그릇을 떨어뜨려 깨뜨리는 일이 잦았다. 그래서 손에 힘을 많이 주는 편이다. 글씨 쓰는 데도 마찬가지다. 학교 다닐 때 적잖이 힘들여 쓴 글씨는 성인이 되도록 습관이 되어 있다. 아직도 오른손 중지 끝마디엔 사과의 갈변 같은 흔적이 남아있을 정도다.

한때, 내가 상품권 유통업을 할 때다. 어느 날, 나이 지긋한 화가 한 분이 찾아왔다. 그는 내 손을 보더니

'담배 피우면 참 잘 어울릴 손'이라며 요리조리 살폈다. 그는 때마침 적당한 손 모델을 발견하거나 생각지도 않았던 신체 일부분의 장점을 찾아낸 표정이다.

'담배 피우는데 어울릴 손이라니 싱거운 사람 같으니라고.' 그렇게 혼잣말을 했던 기억을 떠올렸다. 육십년 넘게 데리고 산 손이다. 성근 나뭇가지 같은 열 손가락을 펼쳐보았다. 그리고 운명선 깊게 패인 오른손으로 왼손가락 하나하나를 보듬어 쥐었다. 또 손등을 반복해서 쓸어내리며 뚫어지게 보았으니 이 또한 사랑일지 모른다. 벌써부터 핸드크림이라도 자주 바르며 신경 쓰겠다고 다짐했음에도 불구하고 다지고 다진 마음은 금세 잊곤 했다.

지난 초겨울, 손을 혹사한 일이 있다. 크리스마스 분위기를 물씬 풍기는 핑크색과 연두색 실로 짜인, 앙증맞은 가방을 보고서다. 내가 호기심 어린 눈동자를 반짝이자 가방 주인은 내 마음을 더욱 달뜨게 했다. '바늘 없이 실하고 두 손가락만 있으면 돼요. 시간도 많이 안 걸리고 실 한 뭉치로 두 개의 가방을 만들 수 있어요.' 라는 말에 솔깃해 그 자리에서 실 주문을 했다.

나는 집에 돌아오기 무섭게 뜨개질을 시작했다. 둘

레가 6.5cm인 실 한 뭉치를 풀어 가방을 뜨는 과정에서다. 벨벳은 털투성이라는 말처럼 부드러웠다. 그러나 안에 든 솜의 부피로 인해 손가락에 힘을 주게 했다. 하나의 고리를 먼저 만든 자리에 다시 두 겹의 실을 넣고 빼내기를 반복한다. 원하는 크기만큼의 코 수를 만든 후 사슬처럼 엮어 모양을 잡아주면 된다.

겨우 가방 밑바닥을 떴을 뿐인데 벌써 손가락이 뻐근하고 부기까지 느껴졌다. 계속 뜨다 보면 괜찮아지겠거니 하고 미련을 떨었다. 80%가량 뜨고 보니 코의 크기가 들쭉날쭉하다. 마음에 들지 않아 풀고 다시 뜨기를 네 번이나 꼼지락거렸지만, 자정을 훨씬 넘기도록 완성하지 못했다. 손가락은 마취주사를 맞은 듯 마비상태로 감각이 둔했다. 손을 흔들고 쥠쥠으로 풀어보면서 통증을 줄이고자 핫팩 위에 손을 올려놓고 끙끙 앓느라 잠까지 설쳤다.

다음 날 뜨개방을 찾아 웃돈을 얹어주며 마무리를 부탁하고 나머지 실은 과감하게 반품했다. 그런 후 병원을 찾아 아픈 증세를 호소했다. X-레이 사진을 판독한 의사는 '일을 적극적으로 하지 말란다.' 그럴 것이다. 골밀도가 떨어진 채식주의자의 뼈를 보면 식생활을 알 수 있고, 매를 많이 맞은 짐승은 그 가죽 밑에 기록이 남아있다는 전문가의 말이 천번 만번 지당하다.

인체에는 206개의 뼈가 있다. 그 가운데 쉴 새 없이 많은 일을 하는 것이 손가락뼈다. 돌이켜보니 내 손은, 시계나 반지 같은 호사조차 누리지 않았다. 돋보이고 싶어서 끼는 액세서리가, 앙상한 손의 초췌함을 더욱 드러내 보이는 것 같아 장신구를 멀리했다. 특히 고생 많은 오른손을 위해 나는, 언젠가부터 왼손 사용하기를 의식하고 있다.

나라는 사람이 살아가면서 겪은, 많은 사연을 가지고 있는 뼈들이다. 그간 일어났던 일들이 나이와 세월 탓을 하며 아프고 저리다고 아우성이다. 평소 뼈에게 감사하는 시간을 가졌더라면 오늘과 같은 사달을 겪지 않았을 텐데…. 나는 두 손을 들여다보며 말했다.

"손아! 그동안 월급도 주지 않으면서 겨우 싸구려 핸드크림으로 대신했으니 정말 미안해. 이제부터는 촉촉하게 가꾸고 관리할 테니 잘 지내보자" 나는 신년하례식 같은 악수를 청했다.

오래 가는 꽃

십 년 전, 노인복지관에 근무할 때였다. 어느 주택 2층에 세 들어 사는, 복지대상자에게 물품을 전달하러 갔다. 80대의 대상자 할머니는 1층 주인집에 자주 내려와, 집주인 할머니와 말동무하며 지낸다는 것을 알았다.

당시 집주인 할머니는 60대 중후반으로 지금의 내 나이와 비슷했던 것 같다. 그녀는 청국장을 만들고 된장을 담가 팔았다. 내가 글을 쓴다는 것을 안, 그녀가 하소연이라도 하듯 나를 앉혀놓고 높은 목소리를 냈다. 공원묘지나 개인들 조상 묘 앞에 가봐라. 비바람에 더럽혀진 조화 다발이 쓰러져 볼썽사납게 나뒹굴고 있다. 그 쓰레기가 다 어디로 가겠느냐고 막 흥분하며, 제발 그걸 글로 좀 써보라고 하셨다.

그 말을 듣고 보니 과연 그랬다. 예전에 나도 부모님 산소를 찾았을 때, 흙먼지를 뽀얗게 둘러쓰거나 구부러져 있는 조화를 본 적이 있다. 내 올케들은 며느리 역할을 다하겠다는 듯, 앞다퉈 플라스틱 꽃을 준비해왔다. 그리고는 깜짝 선물이라도 되는 것처럼 산소에 꽃을 꽂으며 '오래 간다.'고 했다. 나는, 이왕이면 생화를 준비하지 않고 왜 조화를 샀을까 하고 탐탁지 않아 했다. 막냇동생은 "엄마가 꽃을 좋아하셨잖아." "아버지 묘는 너무 멀리 떨어져 있으니까 퍽 쓸쓸해 보여서."라며 승용차 트렁크에서 소중한 물건 다루듯, 조화를 꺼내 들곤 했다.

만발한 조화를 꽂아 놓았다고 해서 꽃을 좋아했던 엄마가 묘를 뚫고 나오실 리 만무다. 또 먼 지역에 계신 아버지 역시 쓸쓸하지 말란 법 없건만, 세 올케들은 부지런히도 조화를 사다 날랐다. 그러던 몇 년 전에 부모님 묘를 이장과 동시에 화장하면서, 이제 플라스틱 꽃은 나와 상관없는 일이 되었다.

그러던 지난해 추석날이다. 아침 일찍 온 가족이 집안 조상들이 모셔진 영락공원을 간다고 준비하고 있다. 그때다. 나는 깜빡 잊고 있던 숙제처럼, 언젠가 조화에 대한 글을 쓰라고 한, 할머니 말이 생각났다. 그래서 오랜만에 따라나서기로 했다. 영락공원 가까이 실로암 납골 공원에 모셔진 내 오빠도 보러 갈 겸, 여기저기 널브러져 있을 조화를 보고 글에 대한, 영감과 소재를 얻을 수 있으니 내게 있어 일거양득의 기회였다.

도시고속도로를 타고 30분을 달려 실로암 공원 들어

서는 길목에 다다랐다. 공원 진입하는 입구에 '플라스
틱 조화 반입금지'라는 현수막이 간격을 두고 걸려 있
다. 기간 제한을 두고 캠페인을 하는 것이었다. 나는,
청국장 할머니의 앞을 내다보는 지혜에 감탄했다. '그
것 봐! 내가 벌써 얘기했잖아.' 할머니가 내 감정을 읽
은 듯, 그녀가 했던 말이 바로 저기에 걸려 있었다.

알록달록한 꽃들이 꽂혀 있는 공원묘원은 얼핏 화사
해 보였다. 이른 곳은 22년부터 조화 반입금지를 했다
는 것을 알았다. 그런데도 부득불 조화를 사 들고 오
는 이들이 더 많이 보였다. 조화만 팔던 집들은 생화
를 조금씩 갖다 놓기도 했다. 전국 300여 개 공원묘원
에서 연간 발생하는 조화 쓰레기만 최소 700톤이라고
했다. 이 어마어마한 쓰레기를 버리는 사람은 누구고,
치우는 쪽은 또 누구란 말인가. 엄청난 쓰레기 처리
비용이 들 것이라는 생각이 나를 뒤돌아보게 했다.

나는 오빠의 봉안함이 안치된 첫 번째 호실에 들어
서서 추모 기도를 했다. 그런 후, 봉안함이 안치된 곳
곳마다 둘러보았다. 누구인지 본적도 없고 전혀 알지
도 못하는 사람들의 사연이 마음에 잔잔한 파도를 일
으켰다.

실내 여기저기에 놓인 조화는 청소원의 손길이 있어

선지, 그다지 먼지가 쌓여 있지는 않았다. 비교적 처음의 색깔을 유지하고 있는 듯하다. 조금의 틈새에도 형형색색의 크고 작은 조화 다발이 빼곡했다. 간혹, 토우 인형까지 즐비하게 등장시켜 놓은 곳도 있었으니, 납골당에 온 것이 아니라 조화 판매하는 가게에 들어선 것 같다. 조금 과장되게 표현하자면, 꽃 피는 봄의 계절만 있는 것 같았다.

조화가 생화에 비하여 그것을 가꿀 손길이 필요하지 않고 오래 간다는 건 지극히 당연한 일이다. 그러나 편리함만 좇다 보니 고인에게 좀 무성의한 일은 아닐까 싶다. 그리고 우리 지구의 환경과 앞날을 위해서라도 재활용이 불가능한 조화를 꽂지 말아야 할 일이었다. 분리수거도 안 된 채 버려져, 플라스틱 꽃 무덤을 만들어 내는가 하면, 조화에 사용된 철사는 고철에 해당하지 않는 걸까. 돈이 된다면 분리수거라도 하지 않았겠나 싶다.

조화를 태우면 미세 플라스틱 먼지와 다량의 탄소 배출이 생긴다. 이는 환경오염과 건강에 위협을 줄뿐더러 해양 생태계를 파괴시킨다. 거북이나 물고기, 심지어는 날아다니는 새의 목과 뱃속에 플라스틱이 걸리고 쌓여 죽어가는 심각한 현실이다. 그런데도 우리는 유난스레 자연산 해산물을 찾는다. 또 물을 함부로 쓰거나 오염시켜놓고, 피부 트러블을 일으키는 나쁜 수돗물이라고 불신하면서, 플라스틱병에 담긴 생수를 선호한다. 이렇게 지구에게 미안한 짓을 일삼는 모순된 생활을 하는 우리다.

아무튼, 이제라도 그 조화를 금지한다니 듣던 중 반갑고 기쁜 소식이다. 묘지를 찾는 많은 사람이 하루속히 이 캠페인에 동참했으면 하는 마음이다. 이곳은 돌아가신 분들이 산천초목으로 가득한 곳으로 소풍을 온 자리다. 더 이상의 플라스틱 조화가 나뒹구는 자리를 만들지 말아야겠다. 나도 너도 우리 모두 다 같이.

나는 나를 해고하지 않는다

－사랑과 일, 일과 사랑 그게 전부다－ 프로이트

영화<인턴>는 창업 일 년 반 만에 성공 신화를 이룬, 직원 2백 명의 쇼핑몰 회사를 무대로 했다. 남자주인공 벤(로버트 드니로)은 고령 인턴 채용 전단지를 발견한다. 65세 이상으로 전자 상거래에 관심 있는, 소매 걷고 일할 사람이다. 이어 시니어 인턴으로 취직한 벤은 새로 얻은 직장을 통해 만난 이웃을 사랑한다. 평생 일을 하다가 은퇴한 그의 사랑 방식은 일을 통해 만난 사람을 돌보는 것이었다. 먹고 사는 일과는 거리가 먼, 경험을 통해 배운 바를 베풀며 그가 하고 싶고 생각하는 일을 직접 노동으로 표현한다.

영화는 고령 재취업에 대해서 생각해볼 문제를 준다. 또, 한편으로는 나의 쓸모를 증명해야만 사랑받고 인정받을 수 있다는 것을 보여 준다.

나는 26년간 해온 약국과 상품권 유통업을 정리했다. 그리고 영화 속 남자주인공처럼 당장은 산뜻하게 즐겼다. 그런데 얼마 지나지 않아 무단결근하는 느낌이 들었다. 다시 사람들을 만나고 도전적인 일을 하고 싶어 하던 어느 날이었다. 서울·부산을 합쳐 7백 명이 근무하는 금융계 공기업에서 전산 보조직을 구한다는 정보를 입수했다. 60세 이상의 중장년층 계약직이다. 8대1의 경쟁이었다. 면접에 합격하고 6개월 단위로 재계약한다는 조건으로 노동조합 사무실에서 근무했다.

노조 사무실은, 직원들은 물론 손님들이 많이 찾아왔다. 나는 열흘마다 한 번씩 개인 돈으로 꽃을 사다 꽂았다. 방석과 테이블보와 컵 받침도 떴다. 드링크 대신 정성 들여 끓인 차를 찻잔에 담아냈다. 매번 컵을 씻고 뜨거운 물로 소독하는 일이 번거롭더라도 일회용 컵을 사용하지 않았다. 출장 잦은 위원장에게 끓여 식힌, 물을 병에 담아 들려주었고, 어떤 일로 직원과 속상해할 때면, 마음에 위로가 될 만한 글을 쥐어주기도 했다. 그 외에도 노조에 관련된 서적을 갖춰 놓는, 센스도 잊지 않았다.

이런 내 모습을 지켜본, 위원장은 나를 '중앙 사무실로 스카우트하고 싶다'고 했다. 또 승급 인사를 계획하면서 '힘들게 하는 직원이 있으면 얘기하라'고 했다. 나는 그저 미소만 지어 올렸다. 위원장은 자신과 친한 직원들에게 입이 마르도록 나를 칭찬했다.

한편, 직원들 가운데는 정규직임을 우쭐해 하며 계약직을 하찮게 보는 이들도 있었다. 어깨에 깁스한 자세로 본인 재산이 상당하다는 자랑이다. 또 어떤 이는 연봉이 억대이면서 제 돈 아까워 생수 한 병 사 먹지 않고, 번번이 노조 사무실로 얻으러 왔다. 회사와 상사들에 대한 불만과 개인사를 털어놓을 때에도 나는 이들의 말에 귀 기울여 주었다.

어느덧 노조 사무실에 근무한 지 2년 8개월이 지났다. 차기 노조위원장을 뽑는 선거가 있었다. 선거 결과 기존 위원장이 유임됐다. 따라서 나는 3년은 더 근무하게 될 줄 알았다. 그런데 입사한 지 삼십오 개월 되던, 22년 6월 20일 위원장으로부터 그만두라는 통보를 받았다. 이유는 '직원들과 너무 친한 것이 흠'이란다. 나는 그만둘 때 그만두더라도 위원장의 속내를 알고자 했으나 그에게서는 더 이상의 말이 없다. 소설 <잃어버린 시간을 찾아서>에는 오늘날의 사교계의 실체에 대한 말이 있다. (오늘은 친하게 지내지만, 내일은 조롱거리가 될 수 있고 그것이 언젠가는 내게 좋지 않은 소문으로 와서 사회적으로 제명될 수도 있다.) 지금의 나야말로 마르셀 푸르스트가 말한 사교계 부인들의 눈

밖에 난 것이다.

　얼마 후, 위원장은 나를 자기 방으로 부르더니　대뜸 '인사과에서 연락받았냐'고 물었다. 나는, 연락받은 것이 없다고 했다. 그는 해고 이유를 추가시켰다. 새로 구성된 집행부 사무국장에 젊은 사람이 선출되었으니 분위기 쇄신을 위해서란다. 아니! 직전 사무국장도 나보다 훨씬 젊은 사람이었건만…. 나는 뜬금없이 젊음을 강조하는 그의 말에 무력감과 함께 분노를 느꼈다. "그만두라는 얘긴가요?" "그렇다."

　위원장은 내가 자기 말뜻을 잘 알아들었다 싶었는지 '개인 돈 쓴 게 얼마냐' 한다. 내 마음에서 우러나 한 일들에 돈으로 가치를 두려하다니, 이럴 줄 알았으면 3년 동안 내 돈 쓴 것에 대한, 기록이라도 해둘 걸 그랬나 보다. (꽃, 과일, 위원장 양말, 섬유탈취제 등등) 나는 심한 모욕감을 느꼈다. 위원장은 30분도 안 되는, 시간을 나와 마주 앉은 자리에서 자기 할 말을 다 하고 있었다. 개인 돈 들은 부분에 얼마라도 보상을 해줄 테니 그만두라는 뉘앙스다. 이어서 '어떻게 생각하느냐'고 묻는다. 답은 정해져 있으니 너는 대답만 하라는 식이다. 나는 어이없는 표정으로 그를 바라보았다. 그의 얼굴이 무척 비루해 보였다.

결국 그곳을 떠나게 된, 나는 유종의 미를 거두자는 의미에서 개업하는 집만, 떡을 돌린다는 생각을 뒤집었다. 모두가 출출할 오후 4시쯤 내가 있는 층의 네 개 부서를 비롯해 인사부와 총무부에 떡을 돌렸다. 웬 떡이냐고 묻는 동료들에게 '해고당한 기념'이라고 슬픈 웃음으로 말했다. 말도 안 된다며 안타까워하는 표정들이다.

위원장이 유임되었으니, 따라서 앞으로의 임기 동안을 나도 같이 가지 않겠느냐고, 자기들은 그렇게 생각하고 있었단다. 나는 스치듯 지나가는 작은 미소처럼, 회사 원우회에 들어오라는 몇몇 동료들 말에 속상한 마음을 풀었다.

서울 사무실에는 나와 같이 입사한 여직원이 있다. 위원장은, 내게 먼저 해고를 통보하고, 내일 상경해서 그녀에게도 통보할 거라고 했다. 그러나 그 말은 거짓말이었다. 그녀 말에 의하면, 자신은 운이 좋았다면서 한편으로는 내게 미안하고 복잡한 심정이었다고 털어 놓았다.

부산 사무실, 내가 있던 자리에 50여 명이 구직 신청을 했다. 그런데 대도시인 서울은, 겨우 한 사람이 지원했단다. 그마저도 나이가 60이 안되어 불합격시켰다는 거다. 그 자리에 내 입사 동기인 그녀가 그대로 눌러앉은 것이다. 결국 입사 동기 한 사람을 위해서 가공인물까지 등장시키는 수작을 부린 것이다. 이거야말로 손바닥으로 하늘 가리기가 아닐 수 없다.

나는 아무것도 잃은 것이 없는 것 같은데 뭔지 모를 화가 났다. 그들의 짜고 치는 고스톱에 희생되었다 생각하니 몹시 불쾌했다. 처음부터 너저분한 거짓말을 늘어놓아야 할 만큼 위원장은 제 발이 저렸을까. 이 세상에 비밀은 없는 법인데 거짓 해고 쇼를 벌일 만큼 자신의 처지가 궁색했나 보다.

위원장은 퇴직하면 구의원에 출마할 거라고 했다. 나는 그에게 말해주고 싶다. 사람을 대할 때 본인한테 이로운가, 이롭지 않은가를 기준으로 판단하지 말고, 사람을 진정성 있게 대하는 정치인이 되라고….

때가 되면 나 스스로 물러나리라 생각했는데 위원장은 인사 규정을 무시하고 노조법에 저촉되지 않는 선에서 나를 해고했다. 서당 개 삼 년이면 풍월을 읊는다는데 나는 노조 사무실에 삼 년을 근무하면서도 약삭빠르지 못했다. 그러나 나는 어디서나 꼭 필요한 사람이라고 자신한다. 지나간 날보다 앞으로 살날이 더 중요한 만큼, 나는 나를 해고하지 않을 것이다.

저 구름

거제 지심도를 다녀왔다. 지난 삼월과 사월에 전라
도 구례와 장수지역을 다녀온 후, 두 달 만의 여행이
다. 며칠 전, 장마가 곧 시작된다는 일기예보가 떴다.
나는 비가 주는 즐거움과 낭만보다는, 지심도 방문을
계획한 날, 비가 오면 어쩌지 하고 걱정했다. 같이 가
기로 한 일행에게 문자를 보냈다. 그들은 뭔 걱정이냐
고 했다. 비가 오면 오는 대로 차를 타고 통영에 멈추
면 된다. 비를 바라보기 좋은, 카페 창가 자리에 앉아
비멍(비 멍 때리기) 이라도 하고 오자는 당찬 답문이
다. 이 없으면 잇몸으로 먹으면 된다는 발상이다.

출발하는 날, 아침에 발코니로 나가 창문을 열고 하
늘을 올려다보았다. 비가 내릴 거라는 일기예보를 뒤
집어 놓은 파란 하늘이다. 당연히 해도 곱게 피어났다.
지난밤과 달리 가슴이 폴짝폴짝 흔들어 댔다.
자동차로 1시간 30분을 달린 끝에 장승포 터미널에
도착했다. 이곳에서 유람선을 타고 20분 만에 지심도
에 도착했다. 지심도는 서귀포 다음으로 비가 많은 곳
이라 했다. 그런데 맑은 하늘에 두둥실 흘러 다니는,

구름이 얼마나 신선해 보이는지 한 입 베어 먹고 싶을 정도였다. 하지만, 하늘에 유유히 흘러가는 구름을 어찌 한 줌이라도 손에 쥘 수 있을 것인가. 나는 한참을 넋 나간 사람처럼 구름을 쫓았다.

왜 이곳 구름이 특별해 보이는 걸까, 가만히 생각해 보니 지금 여기서만, 온전히 구름을 바라보는 시간과 마음이 있었다는 것을 알았다. 그리고 보니 집에 있을 때의 나는 평소 하늘 들판을 걸어가고 있는, 구름송이를 바라보는 여유를 갖지 못했다.

내가 어린 시절엔 놀거리가 마땅찮았다. 그래서 마당 마루에 누워 하염없이 하늘의 구름을 바라보곤 했다. 사자 모양의 구름, 토끼 모양의 구름이 가까이 다가오며 순간순간 모습을 바꿨다. 구름은 새파란 하늘색 도화지에 하얀색 점들을 무수히 찍어대다 기다란 선을 긋고 사라졌다. 그때 바라보던 구름들은 다 어디로 갔을까.

내가 소속해 있는 문학단체의 문인들 가운데는, 수필가 보다 시인들이 더 많다. 시인들은 누구보다도 구름을 사랑하는 종족이라는데, 그래서인지 구름을 소재로 많은 시를 써 내렸다. 때로 자신을 구름 따라 바람 따라 흘러가는 방랑자에 비유하기도 했다. 그러고 보면, 구름은 풍광을 더 멋지게 보이도록 거드는 객관적 상관물이다. 오죽하면, 프랑스의 시인 보들레르는 구름을 '신이 증기로 만든 움직이는 건축'이라는 놀라운 표현을 했겠는가. 그야말로 유난히 구름을 사랑하였던 것 같다.

지심도에 도착한 이튿날, 새벽 6시에 일어나 혼자 산책했다. 어둠이 덜 걷힌 회색 하늘이다. 사십 분쯤 걷도록 동이 터 오를 기미가 보이지 않더니, 한두 방울 비가 떨어지기 시작했다. 잠시 후, '톡 톡 톡 딱콩 딱콩' 동백 나뭇잎에 빗방울 떨어지는 소리가 잃어버린 감성을 되살려 주는 듯하다.

빗방울이 떨어진다고 해서 지심도에 묶이게 될 것을 걱정하지 말라는 회원이다. 일행 가운데 한 사람은 얼마 전 일본 여행에서 사 온, 유자술 한 병 남은 것을 꺼내 들었다. '술을 전혀 먹지 않는 나를 위해 준비했다'는 말로 분위기를 돋우어 모두를 깔깔거리게 했다. 그녀야말로 마치 술맛을 끊임없이 찾아내는, 우리네 조상들 같았다. 삼월삼짇날이면 꽃놀이를 한 후, 두견주를 마시고 한로에는 국화주를 마시듯, 잠비(장마가 지거나 하면 일손을 잠시 쉬고 잠을 잔다고 하여 여름에 내리는 비)를 생각하면서 술을 마시면 된다고 했다.

파블로 네루다의 시집 <질문의 책>에는 이렇게 구름에 물음표를 달고 있는 글이 있다. '구름은 그렇게 많이 울면서 점점 더 행복해질까? 우리는 구름의 그 덧없는 풍부함에 어떻게 고마움을 표시할까? 보통의 사람들은 비가 오면 우울하다고 생각한다. 그런데 그는 주어진 변화를 촘촘히 느끼며 행복을 보았나 보다. 부질없는 풍부함을 지금 챙겨야 할 기쁨처럼 여기는 거야말로, 우리가 구름을 사랑할 수밖에 없는 고마운 이유라는 것을….

날씨가 어찌 이리도 하루아침에 둔갑을 제대로 하는지 지심도를 빠져나올 즈음에 조곤조곤 떨어지던 비가 그쳤다. 하늘엔 회색 구름이 엷은 햇살 주위로 널리 퍼지고 있었다.

염색 안 하실 거예요?

"머리 염색하실 의향은 없으세요."

"무슨 말이죠?"

"같이 일 할 분들과 조화를 이루기 위해서예요."

"난, 내 머리를 사랑하는데….."

"네 그렇죠. 하지만 다른 분들과 좀 비슷한 외모라야 해서요,"

"염색을 한 번만 해서 될 일이 아니잖습니까? 저는 일을 하고 싶어 면접을 봤지, 내 외모를 보여주기 위해 면접을 본 게 아니랍니다."

"며칠 말미를 드릴 테니 다시 생각해 보시고 연락 주십시오."

"정, 그렇다면 다른 분을 채용하십시오. 난 괜찮습니다."

서류 심사 후 면접을 보고서다. 사흘 지나 면접 본 결과를 알리는 업체 측 담당자와 주고받은 전화다. 염색만 하면 취업은 따 놓은 당상이라는 말이다.

나는 친구와 대학 선배에게 흰머리라서 잘렸다는 얘기를 했다. 외국 사람들은 외모보다 능력을 보는데 우리는, 나이 많고 흰머리라서 거절당하는 사회에 살고 있다고 불만을 터뜨렸다. 그들은 하나같이 입을 모아 '그럼 안 된다. 우선 염색하겠다 하고 넘기면 될 일에 뭘 믿고 그렇게 당당하냐?'라며 내 기를 꺾었다.

젊을 때부터 내 머리는, 밤물결 같은 검은색이 아니라 진한 갈색이었다. 사십 중반부터 하나둘 눈에 띈, 새치는 진갈색 머릿속에 숨어 쉽게 모습을 드러내지 않았다. 그러다 점점 세월이 흐르는 가운데 봄날 새싹 돋듯 여기저기서 쑥쑥 올라왔다. 나는 거울 앞에 쪼그리고 앉아 삭신이 쑤시도록 채소밭의 잡초 같은 흰머리를 솎아낸 적이 있다. 그때처럼 자주 거울을 들여다본 적도 없었으니, 흰머리 퇴치를 위해 나라고 보통 사람들과 별반 다르지 않았다.

흰머리가 점점 늘어날 무렵에 나도 '염색해 볼까?'라는 생각을 해봤다. 그런데 나는 평소 안경과 구두와 자동차 유리창 닦는데 아주 게을렀다. 오죽했으면, 남편은, 내게 '운전도 잘못하면서 차 유리도 안 닦고 다닌다'고 잔소리를 했다. 그러면서 아침마다 부지런히 안경을 닦아주었다. 솔직히 나는 손톱에 바른 매니큐어가 마를 때까지도 잘 기다리지 못한다. 이런 판국에 염색약이 마를 때까지 기다려야 하는 일은 생각만 해도 지루했다. 그 따분함을 2주마다 혹은 한 달에 한

번씩 반복할 자신이 없어 흰머리를 그냥 받아들이기로
한 것이다.

미용실에 가면, 머리 물들이는 사람들의 모습을 자
주 본다. 그 모습을 보노라면, 젊어 보이거나 멋 내는
일도 쉬운 일은 아니구나 싶다. 특히 성성한 백발을
새까맣게 물들이는, 나이 많은 사람을 바라보는 마음
은 무겁기만 했다. 숲이 우리에게 주는 교훈처럼 인생
도 나이가 들면 늙고 낡아가는 건, 자연스러운 일이다.
머리를 물들인다고 해서 여름 같은 청춘으로 탈바꿈되
지 않건만, 굳이 염색하는 걸 보면 자기만족이거나 남
의 눈을 의식한 행위일 것이다.

중국 당나라의 시인 이태백은 긴 백발을, '백발삼천
장'이라 표현했다. 백발이 길어진 자기 모습을 나이 탓
이라기보다는 근심으로 살아온 세월의 탓으로 돌린 것
이다. 흰 머리카락을 가을 서리에 비유하면서 아침엔
푸른 실 같던 머리가 저녁엔 어느새 눈처럼 되어버린
다고 했다. 젊을 때는 백발을 겨울눈에, 늙어서는 가을
서리에 비유했다. 겨울눈보다 가을 서리가 더 인생의
회한을 느끼게 하는 것 같기 때문이었을 것이다. 이게
바로 우리네 인생의 모습이고 나 개인의 모습이 아니
런가.

며칠 전, 내가 사는 아파트에 새로 온 경비원과 1층 승강기 앞에서 서너 번 마주쳤다. 그가 로비에 떨어진 휴지를 주우면서 '머리 뒷모습이 계절로 치면 가을이에요.'라며 인사한다. 그도 이태백의 시를 읽었을까. 생각해보니, 지금의 내 흰 머리칼이야말로 이백의 시처럼 그냥 생겨난 것이 아니리라.

세월 가고 나이 들어간다고 생기는 백발이 아니었다. 그것은 근심과 슬픔과 고통 혹은 기쁨과 환희 등 희로애락의 풍랑 속에서 흰색으로 물들어간 나만의 역사다.

참가비나 주소

　언젠가부터 꼰대라는 말이 유행이다. 이미 나도 아들로부터 꼰대라는 말을 들었다. 손녀가 태어난 후로 더 자주 들어온 말이다. 내 딴에는 아이를 양육하는 데 도움을 준다는 것이, 걔들이 보기에는 꼰대 짓이었다. 아무리 내리사랑이라지만, 나는 손녀가 내 아이인 것처럼 육아 서적을 찾아 읽었다. 또 전문가의 강의 내용을 정리 스크랩해두었다가 아들에게 전달했다. 거기에 아들 내외가 부탁하지도 않은 육아 관련 도서를 빌려다 주는 일에도 앞장섰다.

　적어도 내 아들 며느리만큼은 내가 이렇게 해주는 것을 좋아하고 고맙게 생각할 거라고 자신했다. 그런데, '김 사장님! 잘 알겠습니다.' 또는 '교수님, 밤이 늦었어요. 어서 주무세요.' 아들에게서 날아온, 빈정대는 문자다. 그때 나도 눈치는 있어서 바로 알아챘다. '이젠 그러지 말아야지' 했건만, 그게 마음대로 안 되었다. 머릿속 생각과 행동이 따로따로다. 얼마 안가 아들의 노골적인 직격탄이 날아왔다. '엄마가 자꾸 참견하고 가르치려 들면, 꼰대 소리 듣는다. 우리는 인터넷 찾아서 배워가며 애 잘 키우고 있다. 저희한테 신경

쓰지 말고 엄마나 잘 챙기세요.'

그럼 그렇지! 요즘 애들은 부모도 스승도 없는 세대라고 하지 않던가. '쟤네들은 인터넷만 있으면 다 해결되는 세상인데 내가 뭐라고.' 나는 서운한 감정을 길게 '끙' 소리로 대신했다.

그러고 보니 나보다 네 살 위인, 내 이종사촌 언니는 유난히 꼰대 짓을 일삼았다. 무엇이든 자신의 잣대로 해석하고 따지고 명령하며 비난했다. 음식을 먹는 자리에서 단골 메뉴처럼 '탄수화물을 피하고 불포화지방을 섭취해야 한다.' '최소한 매일 5대 영양소를 갖춘 식단이어야 한다.'며 비난하거나 주절주절 잔소리를 늘어놓았다. 사람 체질이 다 똑같을 수 없는데, 자신만이 대한민국 전체 인구의 표본인 양, 밥맛 달아나는 소리를 하니 자연히 사촌 언니를 멀리하게 되었다.

또 문자나 사진을 자기 멋대로 보내 놓고 즉각 보지 않고 뭐하냐는 비난조다. 사사건건 가르치려 하고 통바리를 주며 시비를 걸어오니 정말 기가 막힌다. 제발 꼰대 짓 좀 하지 말라고 몇 번씩 일침을 해도 그때뿐이다. 내가 외사촌 언니를 이렇게 느낄진대 내 아들 며느리 역시 나를 볼 때 이와 같은 느낌이었을 것이다.

나는 지금 꼰대 탈출을 위한, 의식의 방향을 바꾸느라 눈물겨운 노력을 하며 나를 뒤돌아본다. 아울러 꼰대 소리 듣지 않고 멋지게 나이 드는 법을 알려주는, 어느 강사의 말을 떠올렸다.

첫째, 부모라고 해서, 혹은 경험이나 아는 게 많다고 해서 콩 놔라 팥 놔라 하지마라. 내가 생각하는 것과 다르더라도 젊은 사람들 앞에서 말참견하지 말고 그냥 지켜봐라. 어느 곳에서나 궁금한 점이 있더라도 참으라는 얘기다.

둘째, 요즘 젊은 사람들은 웬만하면, 대학 대학원 공부를 다 했다. 단군 이래에 스팩이 가장 좋을 만큼 정말 똑똑하다. 그러니 나이가 많다고 해서 의도적으로 가르치려는 습성을 통제하라는 거다. 함부로 가르치려고 나서지 않기다.

셋째, 남을 씹는 뒷담화는 사실 통쾌하다. 하지만, 나이 들어서 남을 비난하는 일은 삼가야 한다. 유대인들이 전 세계를 주무르는 데는, 그만한 노력과 이유와 습관이 있다. 그들 부모는 아침에 유치원 가는 자녀에게 이렇게 당부한다. '남 험담하지 마라.' 유치원 가서 친구를 비난하지 말라다. 어려서부터 좋은 대화 습관을 갖게 할뿐더러 스스로 체험교육을 하는, 그들의 문화를 익히고 배워야겠다.

넷째, 꼰대는 과거에 얽매여 있다. 어떤 기계에 비유하자면, 입력은 고장 났는데 출력은 살아있다고 볼 수 있다. 즉, 십 년 전에 군대 갔다 온 이야기나 과장 시절의 이야기로 '나 때(라떼)는 말이야' 하고 옛날애기를 곧잘 한다. 젊은 사람들은 귓등으로도 듣지 않는다는 사실을 알아야 한다.

다섯째, 혼자서 주절주절 말 많이 하지 말기다. 나이 들어서 말을 많이 하는 것은 아는 것이 많아서다. 참견하고 가르치려고 하다 보니 밑도 끝도 없이 말을 많이 한다. 나이 들수록 지갑은 열고 입은 다물라는 말을 명심해야겠다.

여섯째, 목소리 높여 소리 지르는 일도 삼가라다. 우리나라 사람은 비교적 언성이 높다. 거기에 나이가 들게 되면 생리적으로 귀가 잘 안 들리게 되니 목소리가 더 커진다. 그러다보면, 상대방도 같이 목소리가 높아지는 상승작용이 일어난다. 지하철 안이나 커피숍 풍경만 보더라도 큰 소리를 내는 사람들은 거의 나이 든 어른들이다. 휴대폰을 하면서 체면과 염치없이 언성을 높여대니 얼굴을 찡그리게 한다. 물론, 젊은 사람이라고 해서 목소리가 작은 것도 아니지만, 어찌 되었든

간에 버럭버럭 소리 지르는 일로 젊은 사람들에게 꼰대 인상을 주지 말자는 얘기다.

나이 들어가면서 해서는 안 될 언행, 하고 싶어도 참을 줄 아는 습관을 내 안에 들여놓고, 행동으로 옮겨야겠다는 생각이다. 내 자식 또는 가까운 사이나 가족이라고 해서 나 하고 싶은 대로, 불쑥불쑥 나서는 일일랑 아예 하지 말아야겠다. 나는 지금 꼰대의 경계선 안쪽에 들여놓은 한 발을 빼내기 위한 진통을 겪고 있다. 참. 가. 비. 나. 주. 소! 라고 되뇌면서.

제 4부
눈 맞춤

빛을 빛으로

2023년 7월 29일 금요일 오전 아홉 시 삼십 분 경, 서면 복개도로 정류장에서 17번 버스를 탔다. 내가 뛰다시피 해서 정류소에 거의 도착했을 때는 이미 도착한 버스가 막 문을 여는 찰나였으니 기가 막힌 맞춤이다. 잽싸게 버스에 올랐다.

버스요금을 내려고 휴대폰 케이스를 들췄다. 카드가 없다. 다시 캔버스 백을 샅샅이 뒤졌다. 역시 없다. 아니, 백 원짜리 동전 하나가 반짝 빛을 낸다.

어제 중앙 도서관에서 책을 빌린 후, 교대 부근 <책과 아이들 서점>에서 수업 마치고 돌아오는 밤길이었다. 한 손에 들린 쇼핑백에 4권의 책이 들어있다. 어깨엔 크로스백, 오른손에는 손전화까지 복잡하다. 카드만 따로 빼서 사용 후 핸드백 겉면에 부착된 조그만 지갑에 넣고는, 생각 없이 가방을 바꿔 들고 급하게 나온 것이다.

버스 기사에게 다가가기 전, 동전을 꺼내려다 멈췄다. 어느 버스 기사가 자판기 커피를 타 먹기 위해 100원씩 여덟 번에 걸쳐 총 8백 원의 공금을 사용했다가 다섯 가족의 생계를 끊었다는 인터넷 기사가 생각나서다. 지금 버스요금은 천 삼백 원이다. 만일 내가 미안한 마음에 백 원이라도 요금 함에 넣었을 경우, 종점에 도착하면 요금 함의 돈을 정산할 것이다. 그렇다면, 천이백 원의 현금이 부족한 결과를 가져오게 될 테고, 기사는 본의 아니게 부족한 금액만큼 횡령한 꼴이 될 테니 아찔했다.

나는 기사에게 버스회사 계좌번호를 요구했다. 그는 어처구니가 없는지 나를 힐끔 쳐다봤다. 신호가 바뀜과 동시에 주변을 예의 주시하며 조심스럽게 좌회전하고서야 핸들 옆 작은 메모지를 뒤적이더니 없다며 그냥 가란다.

"그럼 기사님 성함과 전화번호라도….." 그는 어쩔 줄 몰라 하는 내게 한 줄기 빛 같은 웃음을 보이며 "다음에 17번 버스 타면 두 번 찍겠다."고 말하란다. "꼭 기사님이 아니라도 되겠느냐?"하자, "17번 버스면 다 된다." 나는 미안하다는 인사를 여러 번 하고서 목적지에 내렸다. 장애인 종합 회관에서 문예 창작 아카데미가 있다. 옆자리 문우에게 바로 송금하겠으니 천 원짜리 다섯 장을 달라고 했다. 그는 천 원짜리가 없다며 오천 원, 한 장을 꺼내 준다.

그 돈을 팔랑거리며 43번 버스에 올랐다. 기사는

"거스름돈이 없다."고 한마디로 물리친다. 한낮의 버스 안은 네댓 사람이 군데군데 앉아 있다. 나는 그들에게 지폐 바꿔줄 것을 구걸했다. 한데, AI 시대에 어울리게 화폐를 갖고 있지 않았다. 아니 갖고 있어봤자 한 장 또는 두 장뿐이란다.

그때, 어떤 아저씨가 말없이 2천 원을 꺼내 주며 얼른 요금 함에 넣으라고 손짓하신다. 내가 계좌번호를 묻자 됐단다. 할 수 없이 거스름돈 7백 원을 그에게 돌려드리고 어느 한 곳에 앉긴 앉았는데 꼭뒤가 따갑다. 이런 와중에도 나는 중간에 내려 다른 볼일을 보았다. 오후 네 시 삼십 분 범일동 버스 정류장이다. 그동안 많은 사람이 버스를 타고 내렸을 시간이니 내가 5천 원짜리를 내더라도 거스름돈 돌려받는 데 별문제 없을 거라 생각했다. 그런데 오산이었다. 마침 뒤따라 버스에 오른 여성이 천 원짜리로 바꿔주었으니 다행이다.

'거스름돈 내줄 것을 챙겨서 운행하는 일이야말로 버스회사의 당연한 서비스 아닐까?' 나는 터무니없는 상상을 하다가 조금 전 운전기사가 "거스름돈이 지폐가 아닌 죄다 백 원짜리 동전"이라는 말을 곱씹어보았다. 견물생심이라고 요금 함에 지폐가 들어있을 경우, 혹시 운전기사가 담배나 커피 등 값비싼 기호식품을 구매할까 봐 그것을 방지하기 위해서일까? 나름대로 해석하고 보니 조금 전 퉁명스레 말한 버스 기사가 이해되었다.

다음날, 후배와 저녁 식사를 하고 횡단보도 앞에서다. "집에 가려면 17번을 타야 하는데 오늘부터 17번 노선이 없어졌어" 한다. 나는 그럴 리 없다며 어제 있었던 버스요금 얘기를 털어놓자, "저 건너 백화점 앞이 17번 버스 정류장이니 가서 확인해 보잔다." 정말, 출발점을 시작해 종착지를 표기했던 자리가 깨끗이 지워져 있다. 후배가 약을 올린다. "선배, 드링크 박스째 사들고 버스회사 찾아가시게 생겼네." 우리는 하하 호호 웃으며 헤어졌다.

43번 버스 안, 아저씨에게 진 빚을 어떻게 갚을까? 1,300원이 담긴 복주머니 목걸이를 만들어 걸고 다닐까? 원수는 외나무다리에서 만난다 했으니 될 수 있으면, 43번 외나무다리를 자주 이용해야겠다고 다짐했다.

사나흘 지나, 부산역에서 일부러 43번을 탔다. 다음 정류장인 초량역에서 버스에 오른, 남자 대학생이 단말기에 카드를 대자, 요금 부족이라는 멘트가 들렸다. 큰 가방을 들고 어깨에는 비올라 악기를 메고 어쩔 줄 몰라 한다. 죄지은 사람처럼 서서 땀을 뻘뻘 흘리며 폰 뱅킹하면 안 되겠느냐고 운전기사에게 사정을 하고 있다. 나는 반짝 마음에 빛이 들었다. "기사님! 저도 며칠 전, 버스요금 빚을 졌거든요." 하고 카드를 내밀었다. 기사는 단말기 버튼을 띠띠띠띠 누르더니 찍으란다. 아저씨에게 진 빚을 다른 이에게 빛으로 갚았다.

한 번 그런 일을 겪고 나니 종종 버스요금 문제로 난처한 경우에 부딪히는 이들을 목격했다. 또, 하루는, 국제시장 앞에서 탔을 법한 외국인 여행객 커플이 만 원권 지폐를 든 채, 속수무책으로 서 있다. 버스에 올라 상황을 파악한 나는 운전석으로 다가갔다. "두 사람 요금을 내겠다."며 카드를 내밀었다. 기사는 "아는 사이냐?"고 묻는다. 아니지만 그냥 버스비를 내겠다고 하자, 그럴 필요까지 없다며 외국인과 영어로도 한국어로도 대화가 안 되니 답답하다는 말과 함께 그냥 가란다. 이런 모습을 눈치 챈, 어느 아주머니가 재빠르게 천 원짜리로 바꿔주었다. 외국인은 내게 안도의 미소를 보내며 '땡큐' 했다.

요즘은 붕어빵도 계좌이체를 하고 살 수 있는 시대다. 요금함 옆에 버스회사 계좌번호 쯤 붙어 있으면 좋겠다. 그렇게 된다면 외국인은 고사하고라도 나나 그 학생처럼 또 다른 누군가도 본의 아닌 실수에 빚을 지지 않아도 될 것이다.

낯선 사람

지난 초겨울 초읍동 시립도서관 근처 카페에서 독자와의 만남이 있었다. 마주한 자리로 창을 뚫고 들어온 햇살에 눈이 부신 오후 1시경이다.

"요즘도 작품 많이 쓰시죠?"

독자가 내게 안부를 물었다.

"네. 동화 몇 편을 퇴고하는 중이에요."

"동화도 쓰세요. 어떤 내용이에요?"

"코로나 예방접종 부작용으로 어려움에 처한 한 가정의 실제 사례에요. 작품 속 엄마는 3차 예방접종 후, 일주일 만에 나타난 난치성 혈관염으로 고통 받고 있어요. 편마비 까지 와서 서울의 큰 병원에 가려면 반드시 누군가의 도움을 받아야 하는데 상황이 여의치 않아요. 갑작스레 일어난 일 앞에 식구들은 좌충우돌했고 풍비박산 될 뻔한 위기까지 겪지요. 그러다 가정 구성원들이 차츰 모든 것을 받아들이면서 각자의 위치로 돌아가는 내용이에요."

내 이야기를 들은 독자가 입을 열었다.

"저는 아내와 사별한 지 딱 일 년 지났어요. 공기 좋은 곳에 가서 같이 살려고 했는데 코로나라는 뜻밖의 재난을 이기지 못했지요."

"어머, 그런 일이 있으셨군요."

"네. 제가 총각 시절 지인의 소개로 만난 아내는 간암 말기였어요. 참 맑고 순수한 모습에 대화가 막힘없이 잘 통했어요. 그래서 아내의 병에도 불구하고 결혼하자고 했어요."

"부인도 흔쾌히 승낙하던가요."

나는 묻지 않아도 될 말을 묻고 말았다.

"그럴 리가요. 자신의 병이 중한 걸 본인이 더 잘 알고 있는데, 당연히 결혼을 피하더라고요. 하지만 저는 그녀와 교제하는 동안 행복했던 날들에 대한, 기억 때문에 주위의 만류에도 불구하고 결혼식을 올렸어요. 그리고 부모님께는 아기를 낳지 않겠다고 선언했어요."

힘든 말을 꺼낸 그는, 떨리는 손으로 찻잔을 들어 입으로 가져갔다.

"그땐 지금 시대와 달라 한 집안의 종손이요, 장남으로서 쉬 있을 법한 일은 아니었을 텐데 대단한 결정을 하셨군요."

"다행히 부모 형제가 저를 믿어주었어요."

"그럼 결혼생활은 얼마나 하신 거예요?"

"의사에게서 아내는 6개월을 선고받았는데 장장 삼

십 사 년을 살았어요."

"우와. 박 선생의 부인을 향한 극진한 보살핌이 치료제였군요. 거기에 하나님이 베푸신 기적이 더해졌고요."

"하나님의 은총이죠."

감동에 젖어 그의 말을 듣고 있던 나는 행여 몇몇 장면들이 잘려 나갈까 봐 꼼꼼히 기억의 필름에 담았다.

"차라리 코로나 예방접종을 하지 않았더라면, 아내는 지금까지 살았을 거예요. 그럼 딸아이 시집가는데 뒷바라지를 해주었을 텐데."

"딸이요? 결혼요?"

뜬금없이 튀어나온 딸 이야기다. 분명 결혼하기 전, 아이를 낳지 않겠다고 하지 않았던가? 내 머릿속에 주렁주렁 생겨나는 물음표 사이로 그의 말이 비집고 들어왔다.

"가깝게 지내는 지인 집에 긴박한 사정이 생겨 그 집의 연년생 딸과 아들을 입양했어요."

그가 차분한 음성으로 말했다.

"명문 여고에 입학한 딸이 2학년 되던 중요한 시기에 문제아로 낙인찍혔어요. 다른 학교로 전학시키라는 갑작스런 통보를 받고 저는 화가 나서 딸아이 학교로 달려갔어요. 교장, 교감, 담임선생까지 세 사람 앞에서 학부모한테 아무런 연락 한번 없다가 전학시키라니 무슨 말이냐고 따졌어요. 딸도 물론 옆에 있었고요."

학교 측과 힘겨루기를 했다는 말에 나는 연방 감정 감탄사를 쏟아냈다. 자식을 둔 부모 입장에서 결코 남의 집 일로만 여겨지지 않았다.

"따님에게 무슨 일이 있었던 거죠? 엄청 겁먹었겠어요."

"성적이 떨어졌던 거에요. 잔뜩 겁에 질려 내 눈치만 슬금슬금 보았으니까요. 그러다 사흘쯤 지났을 거예요. 아빠가 저를 믿어줘서 고맙다며 좀 늦었지만, 열심히 공부해서 대학 가겠대요. 친구와도 그렇게 약속했다면서요."

"그 아버지의 그 딸이네요. 따님도 훌륭해요."

"딸은 학원을 다니면서 팽개쳤던 공부를 다시 시작했어요. 하지만, 다른 친구들을 따라가려니 조급함이 앞섰던 나머지 석 달도 못가 학원을 그만두겠다고요. 옳고 그름만 판단하며 빨리 정답만을 찾자니 금방 싫증이 난다며 취업 준비를 하겠대요."

자신을 향한 아버지의 사랑을 확인하고 마음을 다잡

왔던 딸은, 자꾸 늦어지는 자신을 탓하며 공부에 취미를 잃었다는 것을 알 수 있었다. 그때 독자는 아직 다 끝나지 않은 뒷얘기를 시작했다.

"딸의 입장이 이해되더라고요. 그래서 '많이 힘들구나.'라고 공감이 가서 '네 생각이 정 그렇다면 너 스스로 간절히 원하는 사람이 되라'고 했어요."

고등학교를 졸업한 딸은, 간호조무사 자격을 취득해 지금 병원에 근무한다고 했다.

"그 딸이 스물일곱 나이로 한 달 전에 결혼했어요."

"아이쿠 늦었지만 축하드립니다. 혼주 노릇 하신다고 정신없었겠어요."

"당연히 혼주 자리에 서려고 했는데 딸의 생부가 아비 노릇을 하고 싶다 해서 기꺼이 양보했어요."

그의 눈가에 반짝 물빛이 스쳤다. 가족 중에 한 사람이라도 아픈 사람이 있으면 일가족 모두가 힘을 합쳐야 한다. 그는 병든 아내를 홀로 돌봤을 뿐만 아니라 한 명도 아닌, 남매를 입양해 부모 노릇까지 도맡아 했으니 참으로 대단했다. 그리고 입양한 남매를 친자식처럼 돌보는 일은 아직도 진행 중이다. 어쩌면 저렇게 무모할 정도의 사랑과 정성이 넘치는지 이런 사람이 바로 성자 아닌가 싶었다.

"그 경험을 토대로 글을 써 보시지요."

그가 겪은 일들이 보석 같은 글감이다 싶어 내가 말했다.

"나중에 기회가 되면 자서전을 써볼까 하는 생각을 잠시 해보긴 했어요."

"자서전 보다는 소설이 좋겠어요. 입양 자체만으로도 멋진 소재가 되겠는걸요. 기대할게요."

"내려놓고 비우고 빈손 만들기 하려고 귀촌살이 왔어요. 마음 비워지면 그땐 삶을 찬찬히 뒤돌아보며 반성문은 쓰고 죽어야겠다고 생각합니다."

말은 그렇게 했지만, 때때로 무언가 떠오를 때마다 울컥하는 날들이 더 많을 것 같다. 삶이 뜨거웠을 그가 지나온 시간이 사무치게 이해되었다.

독자와 헤어져 돌아오는 길, 아까 카페 창가로 들어온 햇볕이 내 머리 위로 활짝 퍼졌다. 눈부신 따사로움에 눈을 지그시 감고 생각을 떠올렸다. 그때, 수필 2집 소개하는 유튜브 방송을 본 그가 내게 연락을 해왔었다. 그리고 퇴근길에 내 집 가까이 와서 수필집 세 권을 사 갔다. 나는 뭔가 보태고 싶은 마음을 꾹꾹 눌러 담아 글을 쓰고 싶었다. 그에게 전화를 걸었다.

"박 선생님, 어떻게 사랑이 그렇게 클 수가 있죠?"

"별말씀을요."

"그래서 얘긴데요. 박 선생을 '낯선 사람'이라는 제목으로 수필을 쓰고 싶은데 괜찮겠어요?"

"......"

"내키지 않으면 거절해도 됩니다."

"써보세요."

힘주어 허락하는 말에 온 마음이 담겨있다. 그동안 오가는 울퉁불퉁한 모든 일 충분히 겪었을 테니, 이제 평온한 바다처럼 마음 잔잔해지는 날만 계속되길 기원해본다.

의사가 되었어요

흰 나무 창문으로 부드러운 아침햇살이 기웃거리는 작은 집이다. 꼭 백설 공주가 살던 일곱 난쟁이 집의 창가 같다. 반쯤 열린 창문으로 이른 봄바람이 불었다. 조금 전, 등원 시간에 맞춰 분주하던 현관도 어느새 조용하다.

나는 지금 따뜻하고 달콤한 공기가 떠다니는 슬기반 꼬마들에게서 호강 받고 있다. 세린이가 내 머리를 이리저리 만졌다. 하얀 레이스원단이 둘린 화장대 서랍에서 구르프를 꺼내더니 내 머리를 거머쥐고 제법 힘 있게 말고 있다. 내가 그렇게 해달라고 부탁하지도 않았는데 구르프를 감는 네 살 세린이의 손길이 바쁘다.

지켜보던 다솜이가 손거울을 들이민다. 나는 받아든 손거울 속을 들여다보며 '거울아, 거울아! 이 세상에서 누가 제일 예쁘니?' 하고 천연덕스럽게 역할 놀이를 시작했다. 아이들 입에서 '백설 공주'라는 말이 나올 줄 알았는데, 제비처럼 입을 모은 아이들은 '채은이요' '세린이요' '다솜이요' '송이요' '나윤이요' '은비요' 하나같이 자기들 이름을 노래한다.

잠시 후, 아이들이 나풀거리며 내게 달려든다. 새아의 조막만 한 손이 바쁘게 움직인다. 내 가슴에 청진기를 댄다. 팔과 엉덩이에 쉼 없는 주사를 놓는다. '아~' 하라며 치과용 거울로 입 안을 살핀다. 내 눈에 가득 찬 건 부산스러운 의료진들이다.

다솜이가 자기 웃옷을 살짝 들어 올려 온도계를 쏙 밀어 넣는다. '뭐 하는 거예요?' 하고 물으니 배시시 웃는다. 반달 모양의 눈을 만들며 '온도(체온)'를 잰단다. 때를 놓칠세라 은비가 다른 온도계를 들고 오더니 내 귓속으로 쏙 들이민다. 새아는 내 손을 잡아당겨 플라스틱 밴드를 붙인다. 이때만큼, 내 몸은 내 것이 아니다.

나를 빙 둘러싼 또래들을 벗어난, 채은이가 천으로 만들어진 강아지 인형을 들고 와서 주사를 놓느라 바쁘다. 어느새 슬기 반은 미용실에서 아픈 사람 치료하는 병원이 되는가 싶더니 장난감 병원이 되었다. 아이들이 강아지 두 마리와 토끼 환자를 데리고 왔다. 꼼꼼하게 바느질된 천으로 만들어진 옷을 입고 있는 동물 인형이다. 언뜻 보기에는 상처가 없다. 그렇다고 배를 가르고 내부를 살펴볼 입장도 아니다. 하지만 아프다고 데리고 온 환자다.

꼬마 천사들이 나를 장난감 병원 의사가 되게 했다. 그러니 의사 노릇을 제대로 해야만 했다. "하얀 자동차가 삐뽀삐뽀 아픈 사람 데려가요 삐뽀삐뽀, 내가 먼저 가야 해요 삐뽀삐뽀 병원으로 가야 해요 삐뽀삐뽀삐뽀" 동요를 부르자, 아이들이 쏜살같이 병원차를 끌고 왔다. 이어 "여보세요, 여보세요 배가 아파요" 동요를 부르며 동물 환자의 얼굴을 살폈다. 내 행동을 바라보는 아이들의 반짝이는 눈빛이 진지하다.

"어머, 강아지야! 너희들 코를 다쳐서 왔구나. 어쩌다 이 지경이 되었니. 많이 아팠지?" 그러자 "어디요? 어디요?" 아이들이 모여들며 머리를 맞댄다. 나는 물품 수납장을 열어 장비(반짇고리)를 꺼내 들었다. 이어 수술 바늘에 실을 꿰었다. 그리고 삼 분의 이가 떨어져 나간 강아지 코를 실을 엮어 치료했다. 금방 아이들 얼굴이 해낙낙해 보였다. 하지만, 쉴 틈이 없다. 함께 온 또 한 마리의 강아지와 토끼 환자를 살피는 내 손길이 바쁘다. 다행히도 동물 인형들 모두 코가 떨어져나가 있었다.

내 집 거실장 위에는 장난감을 고치고 만들고 치료하는데 필요한 몇몇 집기와 각종 부속품이 있다. 그

옆으로는 '텔레비전이 고장 났어요'와 마술 상자도 있다. 부직포로 만든 각종 동물 인형, 뜨개실로 뜬 인형과 양말로 만든 인형이 있다. 종이접기로 만든 공과 무지개 책자와 부엉이는 커다란 소쿠리에 담겨있다. 철사와 왕 단추를 이용해 만든 자전거가 쓰러져 있는가 하면, 색연필과 색종이와 크레파스까지 어린이용 책상 위에서 자리를 차지하고 있다. 아직도 거실 벽에는 동물 캐릭터 그림과 아이를 위한 글들이 빨랫줄에 빨래처럼 걸려있다.

어떤 장난감은, 기뻐할 손녀 생각에 기분 좋은 오기를 부려, 꼬박 밤을 새워 만들기도 했다. 그렇게 만든 장난감을 어린 손녀가 심하게 갖고 놀다가 망가뜨렸다고, 며느리가 미안해하는 말을 전해왔을 때, 내 몸을 다친 것 같은 느낌이 들었다. 애들 물건은 친환경 등 좋은 재료를 쓰다 보니 비싸다. 그런데 아이들은 망가뜨린다는 개념 없이 계속 갖고 놀다 보니 쉽게 탈을 낸다. 나는 손녀에게 있어 장난감 공장장과 의사 노릇을 칠 년간 했다.

지금 초등학교 2학년이 된 손녀가 아기 때부터 갖고 놀던 장난감이다. 이제는 버려야지 하면서도 대부분 손으로 직접 만든 것이다 보니 쉽게 버리지 못하고 있다. 가끔 놀러 오는 손녀에게 "예지야 이제 장난감 갖고 놀 사람이 없으니 버릴까?" 하고 물으면 "네, 할머니. 그런데 아깝잖아요." 한다. 환경을 보호하고 재활용하는 교육의 의미도 있었다는 것을 손녀가 알아주는 것 같아서 나는 버려야겠다는 마음을 냉큼 거실 서랍장 속으로 들여놓았다.

퇴근해 집에 돌아와서도 어린이집 아이들 얼굴이 눈앞에 아른거렸다. 아이들에게 있어 장난감은 단순한 물건이 아니라 소중한 친구다. 안되면 비슷한 거라도 만들거나 찾아서 쥐어주어야 했다. 그러고 보니 어린이집 교사들이야말로 아이들의 동심을 보듬어주고 고쳐주는, 의사라는 생각이 들었다. 그곳에서 교사들과 함께 나도 한몫을 하는 중이다.

"애들아! 친구들이랑 장난감 가지고 싸우지 말아요. 그리고 마음에 드는 장난감이 깨지거나 고장 나면 언제든지 가져오세요. 어제 치료해준 강아지와 토끼처럼 잘 보살펴줄 테니까요."라고 이해와 공감을 속삭여야겠다. 그리고 유희실을 비롯해 세 개의 반마다 자리를 차지하고 있는 장난감들을 하나하나 살펴봐야겠다.

아들의 친정엄마

컴퓨터가 갑자기 먹통이라 답답했다. 할 수 없이 아들에게 문자로 알렸다. 곧이어 퇴근 후에 잠깐 들리겠다는 전화가 왔다. 열흘 전, 안부 전화하면서 주문 들어온 일감이 많다고 하더니 며칠 밤샘이라도 한 모양인지 목소리가 탁하다. 통화를 끝내면서 괜스레 마음이 바빠졌다.

냉동실엔 이름표를 달지 않은 불투명한 비닐 백 뭉치들이 손톱도 안 들어갈 만큼 가득하다. 파 뿌리와 양파껍질과 꽁꽁 얼어 있는 반쪽짜리 배를 찾았다. 이번엔 지난 초겨울 생강차를 만들고 남겨놓은 재료가 생각나 냉장고 문을 열어 위아래를 훑었다. 아니나 다를까, 귤피는 물론이고 생강과 대추와 약방의 감초까지, 신문지 옷을 입은 채 야채 칸 구석을 지키고 있다. 그것들을 간단 손질해 압력솥에 넣었다. 내 방식대로 만드는 칠전대보탕이다.

아들이 좋아하던 음식을 생각해 냉장고 안의 반찬통을 열어봤다. 나물 반찬 두어 가지와 남편이 먹다 남긴 돼지고기 수육뿐이다. 마땅찮다. 아들과 남편은 식성이 비슷했다. 그런 아들이 결혼 후 나와는 식성이

다른 남편만의 식단을 애써 차리는 것에 소홀했으니 할 수 없다. 양송이버섯을 해동시킨 후 칼로 다졌다. 감자를 삶아 대충 식힌 후 양파와 함께 숭덩숭덩 썰어 분쇄기에 넣고 우유를 부어 갈았다. 아들이 맛있게 먹던 모습을 떠올려 양송이버섯 감자 수프를 만든다.

아들은 어쩌다 나와 같은 아파트에 둥지를 틀었다. 동 호수만 다른 가까운 곳이다. 남들은 아들을 출가시킨 것이 아니라 같이 사는 것과 다름없다며 부러워했다. 나 역시 물리적 심리적으로 가까운 거리라 좋아했다. 그러다 보니 아들 내외가 부탁하지도 않은 밑반찬을 만들어 주고, 일부러 시장을 더 많이 봐 와서 나누는 재미를 만들었다. 딸을 시집보내 놓고 출가외인이라 서운해하던, 한 시대의 풍조가 내 집에서는 완전히 뒤바뀌어진 셈이다.

아들이 장가가자 아침저녁 식단 챙기는 일로부터 해방되었다고 난 좋아했다. 이젠, 옷 다림질에서도 자유다. 어쩌다 한 번 계획하는 해외여행은 고사하고라도 내가 꼭 하고 싶었던 일을 할 수 있다는 생각에 쾌재를 불렀다. 이렇게 모든 면에서 여유로워질 줄 알았다. 하나 작은 변화가 생겼다. 무슨 이유에선지 며느리가 결혼 후 두 달 만에 직장을 그만두었다.

이런 변화에 발맞춰 나는 내 일과 함께 홀벌이 아들의 친정엄마가 되어 뒷바라지하느라 정신없이 바빴다. 죽이 되건 밥이 되건 눈 딱 감고 모른 척하라는 남편의 잔소리가 옆구리를 찔러 대건만, 나는 그게 잘 안 되었다. 아들은 이렇다 말이 없었지만, 나 혼자 생각에 고달파 할 아들을 모른 체 할 수가 없다. 내 인생이 달라진 듯 심신이 편치 않았다.

자청해 떠맡은 일로 달라지는 일상이 되었다. 애들이 간혹 인사치레로 과일이나 빵을 사 오면 내가 만 원을, 반대로 내가 아들 내외에게 밑반찬과 과일을 나눠주면 걔들이 만 원을 내놓게 했다. 그렇게 모인 돈으로 가족 외식이나 특별한 이벤트를 할 거라고 일방적 통보를 했다. 또, 아들 내외가 덜 미안해하기 위함이었다. 처음엔 말없이 따라주는 듯했으나 차츰 달가워하지 않았다. '아직 먹을 것이 많이 남았다.' '나중에 가져가겠다.'며 거리를 두고 미루었으니 모자지정에도 차츰 기울기가 달라지는 것 같아 서운했다.

요즘 남자들처럼, 내 아들도 아내가 바라는 착한 남편 되기에 급급한 것 같아 보였다. 제 아내의 물건이나 핸드백을 대신 들어주면서 내내 밝은 미소를 잃지 않았다. 바깥일은 물론 육아 돌봄도 기꺼이 나선다. 집

안일을 비롯해 마르고 진 쓰레기 처리까지 감당하는 요즘 식의 남자들이다. 아무리 신세대라지만, 내가 살아온 세대와 다르다 보니 조심스러운 측은지심이 솟구쳐, 자꾸 나눠주는 일을 자처했다.

한쪽으로 치우친 생각을 바로잡는 마음으로 소곤소곤하게 간을 하고, 감사 기도로 끓여내는 수프가 어찌 맛이 없을 수 있으랴. 일터와 집에서는 가사 분담까지 지쳐 있을 아들에게, 조금의 위로라도 건네고 싶어 감자수프 냄비 앞에서 오감을 일깨우는 맛을 내느라 서성거렸다. 나는 아들을 위한, 아들의 친정엄마 같다는 생각이 불쑥 떠올랐다.

아들이 컴퓨터를 만지작거리고 있다. 키보드 자판 입력 오류가 생겼다며 해결하는 방법을 알려주는데 기계치인 나는 무슨 말을 하는지 모르겠다. 다년간의 약국 경험으로 끓인 칠전대보탕을 내밀었다. 후후 불어 들이키던 아들이 "엄마는 내가 가까이 살지 않았으면 어쩔 뻔했냐'며 말을 떨군다.

아들 얼굴에 피곤한 기색이 역력했다. 제가 사용하던 방 안 분위기의 침대에 누워 잠시라도 쉬었으면 하는, 친정엄마의 바람은 안중에도 없는 것 같다. 편안한 음식처럼 진짜 엄마인 내가 있건만, 어서 처자식이 있는 제 집으로 가야겠다는 마음이 앞서는 눈치다. 그런 아들이 못내 서운하다. 딸을 둔 엄마만 친정엄마가 아니다. 나야말로 출가외인이 된, 하나밖에 없는 아들의 친정엄마라는 생각으로 마음을 달래본다.

노키즈존

미국의 한 부부가 새해를 맞아 생후 5개월 된 딸을 데리고 멕시코로 여행을 떠났다. 일주일간의 여행을 마치고 돌아오는 비행기 안, 아기 부모는 행여 아기가 다른 승객에게 불편함을 주지 않을까 걱정했다. 하지만, 아기는 무엇인가에 매료된 듯 비행 내내 한 곳을 응시하느라 다른 승객에게 불편을 주지 않았다. 통로 옆에 앉은 아기의 시선을 빼앗은 건, 옆자리에 탄 여성의 뜨개질하는 모습이었다. 비행기가 이륙한 뒤부터 뜨개질을 시작한 여성은 그런 아기의 모습을 눈치채고 착륙 시간에 맞춰 모자를 완성해 아기 가족에게 건넸다는 이야기다.

최근 세 번에 걸쳐 대구를 다녀오는 일이 있었다. 기차를 이용했다. 부산역에서 출발해 구포역에 닿았을 때다. 많은 사람이 열차에 올라 자리를 찾느라 분주하다. 내가 앉은 자리 옆, 빈 좌석으로 네 명 가족이 모여 섰다. 나란히 붙은 좌석이 없어 앞뒤로 따로 떨어져 앉더라도 우선 차표를 예매했던 모양이다.

나는 보던 책을 가방에 담고 펼쳐놓은 테이블을 접

으며 말했다. "제가 앞좌석으로 갈게요. 여기 앉으세요." 아이 엄마가 고맙다고 인사한다. 대여섯 살 되어 보이는 남매도 아빠·엄마랑 함께 앉아 가고 싶은 소원을 이뤄서인지 몹시 좋아 했다. 그런데 문제는 아이들이 시끄럽게 떠들었다. 뿐만 아니라 뒤에서 발로 앞좌석 등받이를 툭 툭 차댄다. 그것도 내 쪽이 아니라 내 옆 사람이 앉은 의자를 쉬지 않고 찬다.

옆자리의 여성은 이렇다 말없이 몸을 돌려 반쯤 일어선 자세로 뒷자리의 아이를 몇 번이고 응시했다. 눈으로 좀 조용히 하라는 사인을 보냈지만, 그 집 네 명 가족은 전혀 눈치를 채지 못한 것 같다. 보다 못한 나도 고개를 돌려 눈살을 찌푸렸다. 그들 부부는 아이들에게 '조용히 하자' 라거나 집중할 수 있는 분위기를 만들지 않았다. 오죽하면 내 앞으로 비껴 앉은 쪽의 여성도 뒤돌아보고는 시끄럽다고 구시렁거렸다.

괜스레 미안했다. 자리를 바꿔주지 않았더라면 다들 조용히 갈 수 있을 텐데 라는 생각이 뇌리를 떠나지 않았다. 잠시 후, 동대구역에 도착한다는 안내방송이 나오는 동시에 나는 얼른 짐을 챙겨 일어섰다. 그리고 도망치듯 좁은 통로를 비틀비틀 걸어 기차간을 벗어났다. 그들 가족이 어디까지 가는지 모르겠으나 같은 칸

- 164 -

에 탄 사람들이 더 이상 불편하지 않기를 바랐다.

또 한 번은 대구에서 부산을 오는 열차 안에서다. 창가 쪽 자리에 앉아 두꺼운 패딩을 벗어 정리를 하고 테이블을 펼친 위에 가방을 올려놓고 책을 보고 있었다. 잠시 후다. "여기 앉을래? 아니면 저쪽에 앉을래?" 하는 소리가 들렸다. 책에서 눈을 떼고 바라보니 한 여성이 예닐곱 살쯤 되어 보이는 여자아이에게 하는 말이었다. 꼬마는 엄마 옷자락을 꼭 붙들고 같이 앉겠다고 징징거렸다. 통로를 사이에 두고서라도 갈 수 있는 좌석을 예매한 모양이다. 엄마가 바로 옆에 있는데도 불구하고 아이는 제 엄마와 떨어져 앉기 싫다는 몸부림이다.

"통로를 사이에 두고 앉아도 같이 앉은 거나 마찬가지잖아." 그 애 엄마가 말하자 아이는 "싫어." 냉큼 말한다. 순간, 엄마 껌딱지 내 손녀가 떠올랐다. 지금 여덟 살이 되도록 여전히 엄마와 떨어지지 않으려고 기를 쓰는 손녀 생각에 자리를 양보했다. 새침데기일 줄 알았던 그 아이가 내게 "고맙습니다."라며 허리 숙여 공손하게 인사를 한다.

자리를 바꿨다. 옮겨 앉은 옆자리 여성이 자기도 흐

못했던지 내 짐을 들어주어, 짐 정리하는 데 도움을 준다. 모르는 사람과의 이심전심에 내 뒤란에서 햇빛이 들이치는 기쁨을 느꼈다. 나는 한참 책을 보다가 갑자기 그 꼬마가 어떤 모습을 하고 있을지 궁금했다. 고개를 옆으로 쑥 내밀어 모녀가 앉은 쪽을 보았다. 젊은 엄마는 노트북을 펼쳐놓고 뭔가에 열중했고, 아이는 어린이 태블릿을 통해 만화라도 보는 듯 꼼짝하지 않고 앉아 눈동자만 굴리는 모습이다.

간혹 분리불안증으로 엄마와 떨어지지 않으려는 아이도 있다. 그런데 요즘 같은 세상 분위기에서는 그걸 이해하고 배려해주려는 어른들보다는 외면하거나 모른 척하는 어른들이 많다. 어른들은 무조건 힘드니까(?) 반대로 아이들은 원래 자유분방하다. 물론, 무 개념인 아이와 상식적이지 못한 부모가 있는 것도 사실이다. 하지만, 대부분의 아이들은 고의로 소란을 피우거나 누굴 괴롭힐 목적으로 사고를 치지 않는데, 어른들로부터 작은 배척을 당하기도 한다.

언제부터인가 아이가 들어올 수 없는 구역, 아이 출입을 제한한 상업시설이 생겨났다는 기사를 보았다. 아이가 짐승도 아니고 아예 못 들어오게 하는 말도 안 되는 노키즈존 매장이 여기저기 생겨난 현실이다. 이런 식이라면 기차 안도 '노키즈존(No Kids Zone)'이 되는 것은 아닐는지 괜한 걱정을 앞세워 본다.

소아는 작은 어른이 아니기에 '조용히 해' 또는 '가만히 있어'가 통하지 않는다. 잔소리 같은 말을 연발해 본들 그때뿐이다. 아직 잘 알지 못하거나 배우지 않아서, 크게 말하거나 신체 기관이 미성숙해서 실수를 저지르는 것이 아이들이다. 또한 양보와 배려 역시 강제는 아니다. 백문이 불여일견 이라는 속담처럼 아이들의 거울인 어른들의 본보기로 보여주는 행동만이 방법이려니 싶다.

눈 맞춤

어느 봄날, 출근길이었다. 몇 발짝 앞에 초등 1년생으로 보이는 아이가 엄마 손을 잡고 학교엘 가고 있다. 그런데 아이 엄마는 휴대폰에 시선을 집중한 채걷고 있다. 아이를 학교 앞까지 데려다주는 길지 않은시간, 휴대폰에 정신 팔려 사랑하는 자식과 눈 맞춤할 시간을 빼앗기다니…, 마치 아이가 엄마를 안내하는것처럼 보였다.

언젠가부터 젊은 부부들은 아이들에게 휴대폰이나패드를 열어 '아기 달래기 유튜브 영상'을 틀어주었다.자동차 안에서와 음식점에서처럼 밖에서는 으레 당연한 일이 되어버렸다. 칭얼대고 보채는 아이들에게 동영상은 곶감에 얽힌 전설, '곶감 줄게 울지 마' 이상의효과가 있다.

내 아들 며느리도 손녀가 아기일 때, 외식하러 나간자리에서 아기 달래기 영상을 틀어주었다. 며늘애는,분위기상 어쩔 수 없다며 가급적 그럴 기회나 횟수를덜 하려고 신경 쓴다고 했다.

손녀가 아기에서 어린이로 자랐다. 꼭 쥐면 바스러질 것 같던 작은 손이, 제법 단단해진 손녀가 어린이

집을 다니고 유치원을 다닐 때다. 아들 내외는, 내가 손녀와 데이트하고 싶어 한다는 것을 알고, 한 달에 한두 번, 아이를 내 집에 데려다 놓고 자기들 볼일을 보러 갔다.

'할머니 우리 뭐 하고 놀까요?' 손녀는 몇 시간 안 되는, 나와의 시간을 온전히 누리고 싶어 했다. 그런데 나는 시선을 아이에게 두지 않고 뭐라도 챙겨 먹이려고 주방 앞에서 달그락거렸다. 또 휴대전화나 책에 시선을 고정했다. 그럴 때면, 손녀가 다가와 온갖 눈치코치를 주었다. 나는 모르는 척 하고 '할머니 지금 너랑 놀고 있는 거야.' 하고 적반하장으로 대응하면, 손녀는 이렇게 말했다.

'할머니, 저랑 놀아주시지 않을 거면 왜, 저를 오라고 했어요?' '전화는 나중에 해도 되잖아요.' 또는 '할머니 제가 뭐 먹으러 온 것 아니잖아요. 할머니랑 놀려고 온 거예요.' '같이 안 놀아 주실 거면, 엄마 아빠한테 저 데리러 오라고 할 거예요.' 아기 때는 나를 5분 대기조로 만들더니 얼마 전까지 나를 이렇게 협박(?)한 손녀. 그냥 눈 마주쳐 주고, 끄덕이고 제 말을 끊지 말고 그대로 받아달라는 주문이다.

함께 시간과 계절을 지나고 함께 공간을 나누는 사

람, 그런 사람이 곁에 있는 동안 집중할 대상은, '그 사람'이다. 간혹, 어린이집에 다니는 아이들 가운데에도 컴퓨터 앞에 다가가서 얼쩡거리며 마우스를 만지는 아이들이 있다. 또 길을 가다보면, 유모차에는 편리하게도 휴대폰 거치대가 장치되어 있어 아이들에게 휴대폰 동영상을 보여주는 부모들도 있다. 아이에게 따뜻한 눈빛과 부드러운 목소리로 대화를 하거나 동요를 불러주는 일은 거의 찾아볼 수가 없다. 어른과 아이 모두 사람이 아닌, 미디어기기와 눈 맞춤 모드로 길들어가는 세태다.

어느날, 나는 어린이집 아이들에게 그림책 <텔레비전이 고장 났어요>를 읽어 주었다. 가족 모두 텔레비전 보는 걸 좋아해서 밥을 먹을 때도 가족 간의 대화가 줄어든다. 또 서로 좋아하는 프로그램이 다를 때, 리모컨을 먼저 찾기 위해서 싸움이 벌어지기도 한다. 그러다 텔레비전이 고장 나 수리 센터에 전화를 하지만, 텔레비전 고쳐줄 기사는 내일에나 온단다. 식구들은 무엇을 할지 당황한다. 요즘처럼 우리가 사용하는 핸드폰이 고장 난다면 이런 모습이지 않을까?

볼거리가 없어진 가족은 서로 집안일을 돕고, 음식을 만들어 먹는다. 아빠는 아이에게 그림자놀이를 가르쳐주고, 책을 읽어주고 빈 박스로 만들기를 해서 함께 몸을 부딪치는 놀이를 한다. 주인공 민수는 잠자리에 누워서 가만히 생각한다. 매일매일 오늘 같은 날이면 좋겠다고…. 다음날, 수리 센터에서 전화가 걸려온다. 민수는, '우리, 텔레비전 안 고쳐도 돼요!' 라며 빠르게 전화기를 내려놓는다.

아이들의 눈동자가 그림책에서 벗어나질 않는다. 나는 아이들에게 눈을 맞추고 얘기하고, 으스러지도록 끌어안고 '사랑해요!'라고 말했다. 처음 나의 이런 표현에 아이들은 어색해 했다. 다가가야 할 듯 말 듯, 그대로 멈춘 채, 멀뚱멀뚱 바라보는가 하면, 억지로 끌려온 듯 마지못해 안겼다. 그랬던 아이들과 일부러 약속하지 않았는데 몇 번 하다 보니 자연스럽게 굳어졌다. 이젠, 눈 맞춤으로 사랑을 말하고, 사랑을 전하는 마음이 채워졌다. 저만큼 떨어져 있다가도 나와 눈이 마주치면 서로 먼저 달려들어 눈 맞춤 충전을 한다.

우리에게 주어진 시간과 공간을 사랑의 눈 맞춤으로 가득 채우는 일은, 얼마나 빛나는 일인지 나는 오늘도 아이들을 깊고 진하게 안아주었다.

이즈음이면 더욱 생각나는 일

-수선 맡겨놓은 구두와 옷을 찾으러 갔는데 문이 닫혀 있다. 조금 당황스럽다. 그런데 그 수선집 문에 이런 쪽지가 붙어 있다. '구두 마기신분 전화 거시오. 미안 합니다.' 삐뚤삐뚤한 글씨에 맞춤법도 틀린, 작은 쪽지가 힘겹게 달려 있다. 얼마나 급한 사정이었기에 문을 닫았는지 충분히 이해할 수 있었다-

지난해 11월 어느 날, 영도 도서관에서 '동화 그림자 인형극' 연습을 마치고 508번 버스를 탔다. 동아리 문우와 함께 버스 맨 뒷좌석에 앉았다. 그녀와 나는, 그림자극을 할 때 각자 역할 분담에 있어 보충할 점과 호흡의 중요성에 대해서 토론했다. 그런데 앉아 있는 자리가 영 불안하다. 나는 오른쪽 발을 길게 뻗어 앞좌석 등받이를 밀어내듯 힘을 주었다. 그렇게 할 수밖에 없었던 것은 버스 뒷좌석 가운데에 제대로 된, 안전봉이 없었기 때문이다.

집이 영도인 문우는 다음 정류장에서 내린다고 했다. 그녀는 내게 잘 가라며 내리는 문 쪽으로 갔다. 버스 안은 유난히 승객이 많았다. 그때였다. 갑자기 "끼익"하고 요란한 소리와 함께 버스가 급정거했다. 동시에 나는 의자에서 붕 튕겨 나가 무릎을 바닥에 곤두박질치며 엎어졌다. 주변 사람들이 양쪽에서 팔을 부축해 주어 겨우 의자에 앉았다.

무릎에 상처가 났다. 버스 바닥에 부딪혀 살갗이 패여 쓰라렸다. 상처 난 곳을 들여다보며 아파하고 있는데 "괜찮아요. 많이 다치지 않았어요?" 저만치서 들려오는 소리에 고갤 들어보니 진즉에 내렸을 거라 생각한 문우다. 이어 남포동 롯데 백화점 앞에서 내린 그녀는 버스 앞문 쪽으로 갔다. 거의 동시에 운전기사가 닫힌 문을 열면서 '버스회사로 연락하라'는 말소리가 들렸다. 박꽃처럼 하얀 얼굴을 가진 문우의 표정이 왠지 구겨져 보였다.

버스가 부산역에 닿을 즈음엔, 승객이 많이 내린지라 버스 안은 이미 헐렁해져 있었다. 버스 기사는 내가 부산역에 내리도록 어떠냐는 말 한마디 없다. 야속하다는 생각이 들었다. 나는 508번 버스가 뺑소니 차량이라도 되는 듯 나를 내려놓자마자 달아나는 버스 뒤꽁무니를 향해 연방 사진 찍었다. 그리고 문우에게 전화했다. "아까 기사에게 버스회사 전화번호 물었어요?" 그녀는 그렇다며 기사가 가르쳐 준 번호를 읊었다. 이어, 자신도 엉덩방아를 찧으면서 버스 바닥에 벌러덩 누웠다는 거다.

"무슨 말이에요?" 분명, 그와는 같은 버스 안에 있었지 않은가. 퉁겨져 넘어지면서 깜짝 놀란 데다, 나 다친 곳만 신경 쓰느라 그녀에게 그런 일이 일어났을 거라고는 조금도 생각하지 못했다. 그런데, 버스 기사는 왜 미안하다는 말 한마디 없었을까? 그 점이 너무 의아했다. 그도 나와 같은 생각이라고 했다. 왜 급정거를 했는지, 더군다나 뒷자리의 승객들은 모른다.

나는 병원에 가기 전, 버스회사에 전화를 걸었다. 회사 측의 변명 아닌, 해명을 듣고서야 불과 삼십분 전의 상황을 머릿속에 전개시켰다. 교차로에서 마주 오던 음료 회사 차가 신호를 받아 우회전해야 하는데 내가 탄 버스 쪽으로 직진했다고 한다. 그 순간, 당황한 기사가 급브레이크를 밟은 거라고 했다. 물론 버스기사도 그 순간 엄청 놀랐을 거다. 그렇더라도, 기사는 한쪽으로 차를 세워놓고 승객들에게 전후 사정을 알렸어야 했다. 그런데 아무 말이 없었다는 것은 정말 이해되지 않았다.

우리 속담에 '말 한마디에 천 냥 빚을 갚는다'는 말

이 있다. 놀란 승객들의 마음을 달래주는 기사 양반의 따뜻한 말 한마디만 있었더라도 참 좋았을 일이다. 그렇게만 된다면, 교통사고로 시시비비를 가리기 위해 다투는 일도 좀 줄어들지 않을까?

나는 매일 밤, 잠자리에 들기 전, 잠깐씩 하루를 되돌아본다. 아주 드물게 잘한 일도 있으나 반성을 하는 일이 더 많다. 내가 먼저 미안하다거나, 고맙다고 할 걸, 배려해주고 챙겨줘서 감사하다고 할 걸, 상대방 말에 조금만 더 귀를 기울이고 관심 가져 줄걸, 인상 쓰고 목소리 높이는 것을 자제할 걸 등등. 이즈음이면 더욱 생각하게 된다. 사과해야 할 일, 용서하고 화해해야 할 사람, 자꾸만 마음에 걸렸던 그 일들을 미루지만 말고 실행에 옮겨야 할 때다.

누군가에게 사과하거나 이해를 구하는, 말이나 행동에 세련됨이나 매끈함은 그다지 중요하지 않다. 다소 투박하고 어색하더라도 진심이 담겨있다면 충분히 와닿지 않을까.

문고리에 걸어두는 마음

노인복지관에 근무할 때였다. 내가 찾아뵙는 어르신 가운데 한 할머니는 귀가 어둡다면서 늘 머리에 수건을 쓰고 있었다. 나는 '수건을 쓰고 계시면 불편하지 않느냐'고 물었다. 할머니는 두 손으로 머릿수건을 매만질 뿐 내 물음에 아무런 답이 없다. 그날도 나는 그녀의 집 기울어진 철 대문 앞에 다다랐다. 비끄러매놓은 문을 가까스로 밀고 들어가 거실문을 노크했다. 할머니는 안에 있으면서 끝내 문을 열지 않았다. 나는 두세 번, 헛걸음한 끝에 제과점에 가서 빵을 사다 문고리에 걸어두고 숨어서 지켜보았다. 한참 후, 그녀는 밖의 인기척이 사라졌다 싶었는지 문고리를 벗기며 모습을 드러냈다. 빵 봉지를 얼른 거둬들이는 것을 보고서야 그녀가 별일 없이 지내고 있다는 것을 알 수 있었다.

나는 같은 아파트 단지 내에 사는 아들네와 음식을 나누어 먹겠다는 생각에, 애써 많이 만들어 직접 가져다주곤 했다. 그런데 애들은, 내가 사전 연락 없이 음식물을 들고 나타나는 것을 달가워하지 않았다. 그런 아들 내외의 눈치를 읽었으면, 더 이상 나누어 먹는 일을 그만두었으면 좋으련만, 부모 마음이란 게 그렇지 못했다. 하나라도 더 주고 싶고 나누고 싶어서 나는 방법을 달리했다.

가족 단톡방에 사진과 문자를 올렸다. '연잎밥 만들었어. 냉동실에 넣었다 하나씩 꺼내 덥히면 되니 먹겠으면, 잠깐 들러서 가져가렴.' 또는, '복날이라 녹두삼계탕 끓였어. 녹두는 우리 몸에 염증을 없애 준대.' 하며 아이들 의사에 맡겼다. 그러면, '아버지 어머니 두 분이서 많이 드셔요. 저희는 전복죽 끓였어요.' 하며 전복죽 사진을 찍어 올리는 애들이다. 한 번이라도 순순히 받아 가려 하지 않았으니 내 마음을 몰라주는 아들 내외가 섭섭하고 얄밉기까지 했다. 그러다 코로나 유행이 길어져 거리두기가 엄격해졌다. 나는 마주 보는 아들네 집을 닭 쫓던 개, 지붕 쳐다보듯 하며 지냈다. 코로나가 우리 가족을 더욱더 멀게 하는 것 같았다. 그때부터였다. 나는 아들네 문고리에 무언가 하나씩 걸어두기 시작했다.

여름이면 수박을, 겨울이면 손녀가 좋아하는 딸기를 사서 문 앞에 놔주고 돌아오면서 문자를 보냈다.

'무척 덥지? 문 앞에 수박 들여놓으렴.'

'딸기가 맛있어 보이기에 예지 주려고 샀어.'

'친구가 홍시를 두 박스나 보내왔어. 내 핸드폰에 대문 사진보고 손녀에게도 나눠주라고 하더구나.'

'외삼촌이 제주도 출장 갔다가 한라봉을 사서 보내왔어. 너희에게도 한 박스 나눠 주래.'

문고리에 걸어두는 일은 언제나 나 혼자만의 일방적인 일이 되었다. 아들네에게서는 깨끗이 비운 그릇일랑 뭐라도 먹을 것을 다시 채워 돌아오는 일은 거의 없었다. 하긴, 기대하지도 않았다. 그저 내가 가져다준 것을 맛있게 먹어준다면, 고맙다는 게 내 마음의 전부였다. 그나마 손녀가 매번, '맛있어요.' '먹어보고 싶었는데…. 감사합니다. 잘 먹을게요.' 하면서 사진과 하트 모양의 이모티콘과 함께 문자를 보내왔다. 그러고 보니 나 혼자만 문고리에 걸어둔 게 아니었다. 서로의 문고리에 걸어두는 소소하고 귀엽고 맛있고 다정한 것들, 그것은 다름 아닌 마음이었다.

그런 시간이 2년쯤 흘렀을 때다. 나는 선배랑 1박 2일 일정으로 창녕 영취산 진달래 축제와 여수 밤바다 여행을 다녀왔다. 그러다 코로나에 걸렸다. 평소 감기 한 번 걸리지 않던 내가 코로나에 걸리자, 음식 만드는 것도 귀찮았다. 목도 아프고 위가 쓰리고 아파 밥을 넘기는 것도 힘들었다. 만사가 귀찮았다. 다만 약을 먹기 위해 억지로 식은 밥 한술 덥혀 뜨는 게 고작이었다.

남편은 나와 단둘이 사는 집안에 삼팔선을 긋고 깔끔을 떠는 등, 내가 서운할 정도로 설레발을 쳤다. 뿐만 아니라 애들에게까지 비상사태임을 알렸다. 그 바람에 며느리가 커다란 전복죽 냄비를 내 집 문 앞에 갖다 놓고 문고리엔 약봉지를 걸어 놓았다. '어머니, 맛있게 드시고 어서 쾌차하세요. 약 심부름 외에 다른 필요한 것 있으면 연락주시고요.' 며늘애의 메시지를 확인했다.

얼른 문을 열고 큰 냄비를 주방으로 옮겼다. 마음 속에서 '으쌰으쌰' 소리가 절로 났다. 전복죽 한 그릇 맛있게 뚝딱 해치웠다. 어찌나 뜨듯하고 간도 딱 맞던지, 속이 뭉클하게 데워졌다. 기운이 불끈 났다. '지선아, 고마워. 맛있게 잘 먹었어.' '어머니, 맛있다니 다행이에요. 다 드시면 또 해드릴게요.' '그래. 네 음식 솜씨가 나보다 훨씬 낫구나. 나중에라도 네 전공 살리지 말고 우리 전복죽 장사할까? ㅎㅎ'

문자를 보내면서 며늘애가 전과 다르게 싹싹하단 생각에 놀랐다. 그동안 나만의 일방적인 음식을 나누도록, 밀어내는 것 같아 서운했는데 그래도 시어머니인 내가 아프다니까, 그냥 지나칠 일이 아니라는 마음이 들었나보다. 아들이 시켜서 했든, 며늘애 스스로 나서서 했든 그걸 생각할 일이 아니었다. 지금은 아들 며느리가 고맙기 그지없다.

엊그제는 며늘애에게 커피 두 종류와 화장품(수분크림)을 온라인상에서 구매해 줄 것을 부탁했다. 다음날 주문한 물건이 도착했다.

'지선아, 계좌번호 알려줘.'

'괜찮아요.'

'괜찮은 법 없기. 그럼 내가 알고 있는 우리 계좌로 입금할게.'

'진짜 괜찮아요. 저희가 받는 게 더 많아서요. 담에 맛있는 것 사주세요.'

'그런 걸 부담 가지면 안 돼요. 정 그렇다면 맛있는 것 사줄 테니 시간 맞춰보자.'

'넵! 그럼 다음부터는 부담 안 가지고 받을게요.'

문고리엔 아무것도 걸려 있지 않았지만 그래도 좋았다. 새끼손가락 고리 걸어 꼭꼭 약속하듯 서로의 마음을 고리 걸 수 있을 만큼 아들 며늘애와 성큼 가까워졌으니까. 그걸 증명이라도 하듯, 여덟 살 손녀가 여름

용 침대 매트와 베갯잇을, 낑낑대며 배달해 왔다.

'어머, 고마워요. 시원하게 잘 사용할게요.' 나는 손녀를 꼭 끌어안아 주었다.

흰머리가 주는 이점

지금도 내가 기억하고 있는 염색약이 판매되고 있는지 모르겠다. '비겐'이라고 작은 성냥갑만 하다. 흑색과 갈색 두 가지 색뿐이다. 가격은 천 원으로 요즘 말로 표현하면, 가성비가 좋은 제품으로 인기 폭발이었다. 아니, 한두 가지 종류뿐이었으니 선택의 여지가 없었다고 해야 옳을 거다.

나는 한때 약국에서 근무했다. 의약분업 되기 훨씬 전이니 대부분의 사람들이 병원보다는 약국을 더 자주 찾던 시절이다. 손님들 중에는 염색약을 사러 오는 이들이 많았다.

나는 그들에게 "지금 모습이 참 아름다워요." "아직 염색할 때 안 되었어요. 한 달 후에 하셔도 될 것 같으니 그때 오세요." 등등의 말로 손님들의 마음을 다독였다. 그러면, "그래도 될까!" "염색을 안 해도 예쁘다고, 새댁 정말이야?" "흰머리가 자꾸 올라오는데 한 달을 더 기다리면 보기 싫지 않을까?" 자글자글해지는 얼굴들이 내 말 한마디에 위안 삼으며 씩씩하게 돌아섰다.

그분들 얼굴이 기억 속에 아련하다. 그리고 나는 당

시 약국을 찾던 어른들만큼의 나이를 훌쩍 먹어가고 있다. 다 같은 세월인데 가는 세월인지 오는 세월인지 모르겠다. 그 시절의 분위기와 삼십 년이 흐른 지금과는 무척 많이 변했다.

세상은 각종 미디어를 통해 염색한 머릿결의 찬란함을 광고한다. 주위 사람들은 내게 염색을 권한다. 그것이 마치 근사한 조언이라도 되는 것 같지만, 나는 꿋꿋하게 자연 그대로를 유지하고 있다. 우리나라처럼 외모지상주의에 푹 빠진 사회 분위기 속에서도 나는 늘어나는 흰머리로 고민하지 않고 잘 살아가고 있다.

오늘, 우연찮게 인터넷에서 '흰머리의 예상치 못한 이점'이라는 제목의 기사를 보았다. 돌고 도는 게 인생살이라고 인생을 물레방아에 비유한 노랫말처럼 흰머리 염색 여부로 호불호를 나타낸 기사다. 흰머리를 있는 그대로 받아들이자는 계몽이라도 하는 것처럼 보였다.

흰머리의 예상치 못한 이점은 이러했다. 대부분의 사람들은 염색하지 않은 흰 머리칼을 숨기기에 급급해한다. 나이 들어 보이고, 매력적이지 않아 보인다고, 인식하거나 남의 눈을 의식해서다. 그런데, 이런 오명에 도전하기 위해 긍정적인 예를 만들면, 세상을 바꿀 수 있다. 그것은, 흰 머리를 받아들이는 의식 전환이 다른 사람들에게 영감을 줄 수 있다는 거다. 마치 콜럼버스가 신대륙을 발견했을 당시의 기사 내용도 이랬을까.

여성들은 백발이 된 후에 머리를 덜 감는다. 고로 상당한 시간을 절약할 수 있다는 거다. 글쎄 내 경우는 매일 머리를 감으니 그건 좀 이해 불가다. 반면, 흰 머리를 받아들이는 이유 중 하나는 사람들의 머리카락 색이 다르기 때문이다. 나 또한 갈색이 어우러진 흰머리로 나만의 독특한 색이 되어버렸다. 보는 이들의 부러움을 사고 있으니 그것만으로도 성공(?)인 셈이다.

새로운 사실을 발견할 수 있도록 하는 이점도 있다. 그것은 흰머리를 완전히 받아들임으로써, 바라보는 방향이나 생각하는 입장이 매우 깊고 오묘한, 변화가 생긴다는 거다. 흰머리를 가진 후, 더욱 삶을 사랑하고 만족해한다는 말은 맞는 것 같다. 흰머리를 싫어한다는 것은 나 자신을 싫어한다는 것이다. 자신을 더 수용함으로써 흰머리를 받아들이는 것이 훨씬 쉬워지니 수치심이 사라지게 될 거라는 이점이다.

어디 그뿐이랴. 머리카락에 화학 물질의 존재를 최소화함으로써, 머리가 덜 빠지고 윤기 나는 건강한 머리카락을 확인할 수 있다. 또, 흰머리는 관리나 유지가 쉽다. 흰머리를 감추기 위해 휴가나 특별한 행사 전에 굳이 미용실 예약을 할 필요가 없기 때문이다. 최상의 헤어 스타일과 머리카락 질감에 맞춘 헤어 제품만 사용하면 끝이다.

흰 머리는 꼭 노화를 의미하지 않는다. 요즘은 20~30대, 대부분의 젊은 사람들이 스트레스를 많이 받아서인지 단 몇 올의 새치를 가질 가능성이 있거나 갖고 있다. 그러면 사람들은 노화의 징후라며 부정적 뿌리를 박는다. 흰머리를 받아들여야 하는데 그게 잘 안되는 것이다. 시간이 지나면서 지식과 경험 등을 모아서 쌓은 지혜와 비슷하게 흰머리는 노화의 자연스러운 결과물이지 않겠는가. 그렇다고 흰 머리를 평생 고집할 필요는 없다. 이 모든 것에 대한 결정권은 자기 자신에게 있으니까. 얼마든지 유행 따라 멋 내기 염색에 도전하면 될 일이다. 흰 머리가 마음에 들지 않는다면 나중에라도 다시 염색을 할 수 있는 기회는 본인이 만들기 나름이니까.

오랜만에 흰 머리에 대한 긍정적인 기사를 마주하니 상큼한 기분이 들었다. 내게 주어진 것들을 받아들이고 관심과 사랑을 기울일 때, 훨씬 더 큰 시너지 효과를 얻을 수 있다는 것을 아마도 경험해보지 않고는 모를 일이다. 지금 나는 오로지 내 것으로 받아들이고 만드는데 내 삶의 이점을 한 가지씩 추가하는 중이다.

<추천의 글>

삶을 향한 긍정적 에너지

金軒一/소설가

내가 부산의 한 도서관에서 글쓰기 강좌를 진행하고 있던 때다. 휴식 시간, 벤치에 앉아 옥빛 하늘에 둥둥 떠가는 흰 구름을 멍하니 바라보고 있던 나에게 한 수강생이 다가와 느닷없이 물었다.

"선생님. 글이 무엇입니까?"

그때 내 입에서 불쑥 튀어나온 말이 이것이었다.

"자신을 표현하는 일이지요."

사람은 누구나 어제보다 나은 내일을 꿈꾼다. 우리는 모두 자신의 궁극적인 목표, 인생의 답을 찾아가는 여정에 있다. 인간관계나 일 혹은 정신적으로 자기 성장을 통해 어떻게든 더 나은 사람이 되고자 하는 것이다. 그러기 위해선 자신이 누구인가를 알고 자신 생의 의미를 찾고 그 결과로서 스스로 세운 목표를 향해 한 걸음 한 걸음 나아가는 것이 인생이다. 그 첫 번째 단계에서 자아 발견과 의미 찾기의 가장 효과적인 방법이 글쓰기라는 것이 내 생각이다. 그동안 살아오면서 겪은 여러 가지 다양한 과정과 그것에 처한 자신의 모습을 돌아보는 작업은 보다 긍정적이고 밝은 내일을 위해 필요한 일이다. 위에서 소개한 '자기 표현'이라는 나의 대답은 바로 이 '자기를 돌아보는 일' 즉 '자아 성찰'이라고 해도 크게 틀리진 않을 성싶다.

글이란 무엇일까 하는 난제를 설명하기 위해서 나는 두 사람의 생을 예로 들고자 한다. 한 젊은이가 있었다. 인기 아이돌 스타로, 젊고 건강한 육체와 잘생긴 외모, 거기에 창창한 미래가 보장되어 있는 듯했다. 그러나 그는 어이없게 서른도 채 되지 않은 나이에 스스로 목숨을 끊고 말았다. 죽기 전 그는 이렇게 고백했다.

－난 도망치고 싶었어. 나에게서, 나에게서. 수백 번 물어봐도 날 위해서는 아니다, 널 위해서다. 날 위하고 싶었다.

무엇엔가 쫓겨 앞으로 달려오기만 하느라, 자신을 돌아볼 기회를 가질 수 없는 인기 스타의 비극을 겪고 있었다. 생에 대한 거듭되는 절망과 회의에 그는 주변에 도움을 청했다. 정신과 의사를 찾아가기도 했다. 사람들은 그저 그에게 살라고 했다. 그러나 그런 조언은 아무런 도움도 되지 못했다. 자신이 왜 살아야했는지 깨닫지 못했던, 그는 이렇게 절규했다.

－왜 그래야 하는지 수백 번 물어봐도 날 위해서는 아니

다, 널 위해서다. 날 위하고 싶었다. 세상과 부딪치는 건 내 몫이 아니었나 봐. 세상에 알려지는 건 내 삶이 아니었나 봐.

화려한 외양의 그림자 속엔 과도한 경쟁과 미래에 대한 불안감이 도사리고 있었다. 사람들의 광적이고 무조건적인 기대와 찬사는 그에겐 혹독한 채찍이었다. 네티즌들의 성화와 질책이 그를 쉼 없이 몰아붙였다. 사람들에게 좋은 모습만 보여주어야 한다는 강박감에 휘말렸던, 그는 세상 사람이 원하는 모습이 아닌, 진정한 '나'를 찾고 싶은 욕망에 몸부림쳤다. 그러나 자신을 찾아볼 기회를 가지지 못한 채, 스스로의 생을 마감하고 말았다.

만약 그에게 자신을 돌아볼 수 있는, 단 몇 주의 시간만이라도 주어졌다면 어땠을까? 산사에 가서 아무 생각 없이 뒹굴며 땡땡 귀를 간지럽히는 풍경소리만 듣고 온다 해도 그는 자신을 직시할 수 있었을 것이며 삶에 대한 용기를 모색할 수 있지 않았을까? 설사 그렇지 못했을지라도 적어도 죽음을 선택하는 일만은 없었으리라는 게 내 생각이다.

한 소설가가 있었다. 평생 소설만 쓰다가 죽고 싶어 했으나 직장을 그만두진 못했다. 소설이 생계를 책임져 주지는 못했기 때문이었다. 그는 매일 직장 일과 소설 쓰기라는 두 가지 격무에 미친 듯이 쫓기는 삶을 살 수밖에 없었다. 어느 날 출근 준비를 하는데 와이셔츠 단추를 채울 수가 없었다. 직장 식당에서 손에 들고 있던 식판을 떨어뜨렸다. 아무런 이유가 없었다. 그러다 엄지와 검지를 자유롭게 사용할 수 없다는 판단을 하게 되면서 정신이 번쩍 들었다. 이러다 글을 영영 쓸 수 없는 게 아닌가 하는 두려움이었다.

여기저기 병원을 전전한 끝에 찾아간 대학병원에서 그는 루게릭병에 걸렸다는 판정을 받았다. 루게릭병은 얼마 전 세상을 떠난 스티븐 호킹 박사가 앓았던 희귀성 난치 질환이다. 사지의 근력 약화와 근 위축, 사지 마비, 언어장애, 호흡 기능의 저하로 인해 수년 내에 사망하는 만성 퇴행성 질환이다. 손에 무엇인가를 쥐기는커녕 밥도 먹을 수가 없었고 호흡도 어려웠다. 신체 근육은 날로 퇴화하여 결국 온종일 침대에 누워 지내야 하는 처지가 되었다. 간신히 잠이 들었다가도 종종 발작을 일으켰고, 괴성을 지르다 깨어나곤 했다. 그럴 때면 불을 켜달라고 다급하게 소리쳤다. 잠옷은 식은땀에 축축이 젖어 있었고, 몸은 부들부들 떨렸다.

그때의 심정을 그는 이렇게 표현했다.

ㅡ당신은 모를 것이다. 카페 구석에 앉아 시시껄렁한 잡담을 나누는 것, 아이들이 무심코 던진 공을 다시 던져주

는 것, 거실 천장의 전구를 갈고 자전거 페달을 신나게 밟는 것, 그토록 사소하고 대수롭지 않은 일들을 사무치게 그리워하는 삶도 있다는 것을…

그런 가운데에서도 그는 글쓰기를 포기하지 않았다. 동료 문인들이 돈을 모아 손대신 눈만으로 글을 쓸 수 있는 장치를 마련해 주었다. 이미 소설가인 그는 그 장치로 글을 써서 시인으로 등단하였고 수필과 소설을 써서 책을 냈다.

—언젠가 눈 근육도 약해지는 날이 올 것이다. 그럼에도 나는 글쓰기를 포기하지 않을 것이다. 글쓰기가 어쩌면 바위처럼 굳어버린 내 몸을 뚫고 내가 싹 틔우는 한 그루 나무가 될 수 있을 것 같기 때문이다.

글쓰기에서 희망을 찾고 생명력을 되찾고자 했던 그를 보고 시인 김용택은 이렇게 말했다.

—눈 하나 깜박이지 않고 죽음을 정면으로 응시한 인간의 글은 놀랍게도 삶의 긍정과 인간에 대한 사랑과 희망의 노래를 탄생시키고 있다. 죽음과 삶의 경계를 넘나드는 나비 같은 사람, 그 사람 정태규가 우리에게 들려주는 노래를 들으며 우리는 다시 저쪽에서 환생하고, 또 이쪽에서 부활하고, 여기에서 새로 태어난다. **<정태규 지음/당신은 모를 것이다 에서>**

나는 그의 이야기를 읽을 때마다 글쓰기란 참으로 얼마

나 대단한 일인지 실감을 한다. 흔히 '구원'하면 신을 떠올리기 마련이지만, 나는 글쓰기야말로 실증적으로 인간을 구원하는 것이라 생각한다.

글쓰기라면, 누구나 초중고등학교 시절의 작문 시간을 떠올린다. 그래서 따분하고 답답하고 어려운 것이다. 그러나 글쓰기란 앞에 사례를 들어 보였다시피 절박한 삶의 문제인 것이다.

작가 김하예라의 글쓰기도 이런 것이 아닐까 한다. 자신의 수필 속에서 사람이 겪을 수 있는 갖가지 상황을 펼쳐 놓고 그것을 헤쳐가는 인간의 모습을 그렸다. 그는 어린이집 꽃밭에서 노는 아이들, 다른 사람과 통화하려다 잘못 누른 친구의 전화, 가족들에게 환영받지 못하는 음식 솜씨, 직장에서의 불합리한 채용과 해고의 관행, 세상을 떠난 아버지에 대한 생각 등, 생활의 제반 이야기 속에서 자신을 던져놓고 그 의미를 해석해 내려 노력하는 모습이 역력하다. 그의 글을 읽다 보면 여러 가지 어려움과 고통과 우여곡절이 있겠지만 삶이란 그래도 살아볼 만하다는 것을 느끼게 된다.

그 예를 들자면 이러하다. 쉬울 것 같으면서도 어려운 것이 인간관계다. 그 가운데 가장 애매하고 어려운 것이

고부간의 관계가 아닐까 싶다. 시어머니는 며느리에게 딸자식 같은 살가움과 애정을 기대하겠지만, 며느리 입장에서 보면 그게 쉽지 않다. 시어머니는 남편의 어머니이고 자식들의 할머니이겠지만 자신과는 피 한 방울 섞이지 않은, 그렇다고 남이라고 단정해 버리기도 어려운 사람이기 때문이다. 이러한 여유로 해서 형언할 수 없는 긴장감과 갈등이 둘 사이에는 쌓이기 마련이다. 작가는 이 모호한 관계를 자신의 글 「문고리에 걸어두는 마음」에서 풀어내고 있다. 작가는 아들네와 한 아파트 단지에 산다. 자신이 정성 들여 만든 음식을 아들 내외와 나누어 먹고 싶은 것이 지극히 당연한 어머니의 마음이다. 그러나 그것을 아들네에 냉큼 가져가지 못한다. 사전 연락 없이 음식물을 들고 나타나는 것을 달가워하지 않는 눈치가 보였기 때문이다. 그래서 <나>는 가족 단톡방에 사진과 문자를 올린다. '연잎밥 만들었어. 냉동실에 넣었다 하나씩 꺼내 덥히면 되니 먹겠으면, 잠깐 들러서 가져가렴.' 또는 '복날이라 녹두삼계탕 끓였어. 녹두는 우리 몸에 염증을 없애 준대.' 하며 아이들 의사에 맡긴다. 그러나 돌아온 것은 '아버지 어머니 두 분이서 많이 드셔요. 저희는 전복죽 끓였어요.' 사랑은 주는 것이다. 연잎밥이나 삼계탕이니 하는 것들은 돈만 주면 어디서든 쉬 사 먹을 수 있을 것이다. 그러나 어머니가 주고 싶은 것은 그저 음식이 아니라 사랑인 것이다. 한 번이라도 순순히 받아 가 맛있게 먹어주었으면 하는 어미의 마음은 그렇게 간단히 거절당했다. 그래서 작가는 '내 마음을 몰라주는 아들 내외가 섭섭하고 얄밉기까지 했다.'

어쨌든 아들네 문고리에 무언가를 걸어두는 일은 그 후로도 계속되었다. 그리고 그러한 사랑과 정성은 드디어 응답을 받는다. 작가가 코로나에 걸려 꼼짝을 하지 못할 때, 며느리가 음식이며 약들을 문고리에 걸어두고 가기 시작한 것이다. 오죽 기뻤으면 며느리가 놓고 간 냄비를 옮기는 동안 가슴 속에서 '으쌰으쌰' 하는 소리가 절로 울려 나왔을까. 자신이 베푸는 사랑마저도 신중과 배려를 아끼지 않는 것, 이것이야말로 큰 사랑이 아니겠는가.

삼십여 년 전, 회사 업무차 일본을 방문한 적이 있었다. 나와 대여섯 명의 일행은 지하철에 올라 지금까지 해 오던 대화를 뚝 끊기고 말았다. 지하철 좌석에 빼곡하게 앉은 승객들은 하나같이 입을 닫고 고개를 숙이고는 무언가를 읽고 있었다. 대부분 휴대하기 좋은 크기의 책이었는데 그중 일부는 신문을 자그마한 크기로 접어 읽고 있었다. 커다란 신문지가 옆 사람에게 불편을 주지 않도록 하는 배려에서다. 아무튼, 일본 사람들의 독서 열기는 실로 대단하다 하지 않을 수가 없다.

그런 이웃 나라에 비추어 우리나라 사람들은 어떤지 굳이 설명하지 않겠다. 지하철에 타보면 사람들 한두 명을 빼놓고는 하나같이 손에 쥔 휴대폰을 들여다보고 있다. 어떤 이는 화투치기 같은 게임을 대놓고 즐기는 사람도 있다.

글을 쓴다는 것은, 음악이건 미술이건, 무엇인가를 창작한다는 일은 쉬운 일이 아니다. 글이 쉬 풀리는 경우도 전혀 없지는 않으나, 대체로 가슴과 오장육부가 드글드글 끓는 것 같은 고통 속에 한 자 한 자 원고지를 메워가는 것이다. 그렇게 쓰인 글을 책으로 묶어내는 과정도 쉽지 않다. 그러나 정작 문제는 그다음에 있다. 세상에 펼쳐낸 책이 사람들로부터 철저히 외면받고 있다는 사실을 알아챈 작가들은 형언할 수 없는 자괴감과 절망감에 빠지고 만다. 정말이지 그렇게 힘들여 낸 책을 읽어주지 않는 것이다. 이런 현상은 일반 독자들뿐만 아니라 창작의 고통을 함께 겪고 있는 문인들 사이에서도 크게 차이가 나지 않는 것 같다. 어쩌다 동료 문인으로부터 "이번에 나온 책 참 재밌게 읽었네." 이런 소리 한번 들으면 그 기쁨은 참으로 크다. 이러한 독서 출판 풍토 속에서 인터내셔널 맨부커상 같은 국제적인 상을 받았다는 소식을 이따금 듣는데, 이는 참으로 놀랍고 값진 성과가 아닐 수 없다. 작가 김하예라는 자신의 글 「책이 안 팔려요」에서 이런 아쉬움을 토로하고 있다.

이처럼 작가는 일상생활에서 느낀 온갖 이야기들을 자신의 글 속에 담아 놓았다. 「낯선 사람」에서는 아픈 아내를 향한, 한 남자의 지극한 사랑을 그렸다. 총각 시절 지인의 소개로 만난 여인은 간암 말기 환자였다. 그러나 그녀를 너무나 사랑했던 남자는 주위의 반대를 무릅쓰고 결혼을 감행한다. 아내의 건강 상태를 고려하여 아이를 낳지 않고 입양을 했다. 그의 지극한 사랑 속에, 의사로부터 6개월을 선고받았던 아내는 34년을 살았다. 그러나 코로나 예방접종의 부작용으로 생을 마감하고 말았다. 그가 입양한 남매를 친자식처럼 돌보는 일은 아직도 진행 중이다. 작가는 저렇게 무모할 정도의 사랑과 정성이 어떻게 가능할 수 있는 것인지, 이런 사람이 바로 성자가 아닌가 싶다고 토로한다. 엄청난 사랑의 이야기임과 동시에 한편으론 설핏 슬픔의 그림자를 엿볼 수 있는 글이다.

일찍 세상을 떠난 엄마를 대신해 자신이 만들어 놓은 음식을 두고 아버지와 빚은 갈등을 작품 「불량 주부」 해학적 필치로 묘사해 놓았다.

-엄마 흉내를 내보려고 근처 부식 가게에서 시금치를 사 왔다. 그것도 아주 많은 양을 곰국처럼 끓였다. 그래야

되는 줄 알았다. 퇴근 준비를 하면서 나는 아버지의 칭찬을 기대했다. 집 앞에 다다르니 대문이 반쯤 열려 있다. 분명 나를 기다리시는 눈치셨다. 회사 다녀왔다는 인사말이 끝나기 무섭게, 전에 없던 아버지의 불호령이 떨어졌다. '음식을 조금씩 자주 해 먹어야지 이게 뭐냐'며 국솥을 번쩍 들어 내가 보는 앞에서 다 쏟아 부었다. 나는 눈을 돌려 저 멀리 밖을 내다보았다. 바람이 횡횡 불면 비닐하우스가 펄럭거리는 것 같이 내 마음도 펄럭거렸다. 그때의 처참한 기분은 눈앞에 있는 아버지보다 천상의 나라로 간 엄마가 더 야속해서 펑펑 울었다.

작품 「엄마 냄새」는 어린이집 아이들을 통해 오래전에 돌아간 어머니를 추억하는 <나>의 모습을, 「열려라 창문」에선 부부간에 있을 수 있는 오해를 그렸다. '열려라 창문'에서 작가가 열고 싶은 것은 단순한 창문이 아니라 바로 보고 바로 생각하는 열린 마음일 터이다. 「잘못 눌렀어」 잘못 누른 전화로 이어진 친구와의 이야기다. 수년만에 통화를 하게 된 친구는 인사치레도 잠시, 자기 자랑만 속사포처럼 쏟아놓는다. 순수한 마음은 사라지고 오직 자기 과시와 물질적 풍요만 내세우는 세태를 작가는 지적한다.

그리고 「나는 나를 해고하지 않는다」에서는 채용과 해고에 얽힌 사회 전반의 부조리를, 「담배 피우는데 잘 어울릴 손이래요」는 스스로를 돌보지 않고 살아온 자신에 대한 반성을, 「가을엔 편지를 하겠어요」는 아버지를 향한 간절한 그리움을 그렸다. 「의사가 되었어요」는 어린이집 아이들의 일상을 그린 수작인데, 통통 뛰는 아기 천사들의 모습이 눈에 밟히는 듯 선하다.

작가 김하예라는 육십을 훌쩍 넘어섰다. 『태백산맥』의 작가 조정래는 글 쓰는 일은 가게를 열거나 새로운 사업체를 꾸리는 것과 똑같은 크기의 일로 전심전력을 기울여야 한다고 말한다. 이토록 새로운 사업을 하기에 육십이라는 나이는 적지 않다. 그러나 글을 이야기할 때 그의 눈빛은 초롱초롱 빛나는 십대 소녀의 그것으로 돌아간다. 그는 매사에 도전적이고 열정적이다. 이 적극성과 열성이 그를 성공적인 작가의 길로 이끌리라 믿어 의심치 않는다. 그는 자신의 작품 「나는 나를 해고하지 않는다」에서 이렇게 말한다.

─나는 어디서나 꼭 필요한 사람이라고 자신한다. 지나간 날보다 앞으로 살날이 더 중요한 만큼, 나는 나를 해고하지 않을 것이다.

살아간다는 것 자체도 그렇거니와 글쓰기란 또 얼마나 어렵고 고통스러운 일인가. 그러나 작가 김하예라는 삶의 고비마다 이렇듯 긍정적인 에너지를 끊임없이 불어넣으며,

자칫 팍팍해지기 쉬운 인생을 힘차게 헤쳐가고 있다.

그는 짧지 않은 자신의 반생을 회고하며 그것을 거울 삼아 끊임없이 인간의 삶을 탐구할 것이다. 그가 앞으로 풀어놓은 우리들 인간의 모습은 어떤 것일지 자못 기대가 된다. 그의 세 번째 수필집 출간을 축하하며 아무쪼록 독자들의 관심과 뜨거운 애정이 답지하길 빌어본다.

열려라 창문
　　　김하예라 제 3수필집

2024년 8월 30일 인쇄
2024년 9월 6일　발행

지은이　　김하예라
펴낸이　　동일성
펴낸곳　　사색공간 출판사
출판등록 제 2020-000011호
주소　　　서울시 관악구 승방3가길 39 502호
전화　　　010-4795-2253
이메일　　dongiss@hanmail.net

ISBN　　97911-969611-4-5

 부산광역시　　●　본 사업은 2024년 부산광역시 부산문화재단
BUSAN METROPOLITAN CITY　부산문화재단　　부산문화예술지원사업으로 지원을 받았습니다.
BUSAN CULTURAL FOUNDATION